POSSÉDÉE PAR LES VIKENS

PROGRAMME DES ÉPOUSES
INTERSTELLAIRES: TOME 14

GRACE GOODWIN

Possédée par les Vikens

Copyright © 2020 by Grace Goodwin

Tous Droits Réservés. Aucune partie de ce livre ne peut être reproduite ou transmise sous quelque forme ou par quelque moyen que ce soit, électronique ou mécanique, y compris photocopie, enregistrement, tout autre système de stockage et de récupération de données sans permission écrite expresse de l'auteur.

Publié par Grace Goodwin as KSA Publishing Consultants, Inc.
Goodwin, Grace

Possédée par les Vikens

Dessin de couverture 202 par KSA Publishing Consultants, Inc.
Images/Photo Credit: Deposit Photos: nazarov.dnepr, magann

Note de l'éditeur :
Ce livre s'adresse à un *public adulte*. Les fessées et toutes autres activités sexuelles citées dans cet ouvrage relèvent de la fiction et sont destinées à un public adulte. Elles ne sont ni cautionnées ni encouragées par l'auteur ou l'éditeur.

BULLETIN FRANÇAISE

REJOIGNEZ MA LISTE DE CONTACTS POUR ÊTRE DANS LES PREMIERS A CONNAÎTRE LES NOUVELLES SORTIES, OBTENIR DES TARIFS PREFERENTIELS ET DES EXTRAITS

Cliquez ici

1

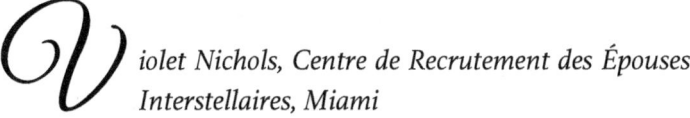

iolet Nichols, Centre de Recrutement des Épouses Interstellaires, Miami

J'AVAIS DÛ RÊVER. ÇA PARAISSAIT VRAI. TELLEMENT VRAI.

J'avais les yeux bandés. J'étais nue. Des gémissements de plaisir masculins me parvenaient, mon vagin me brûlait. Mais je ne voyais pas à qui appartenaient ces grosses mains qui empoignaient mes hanches, j'étais assise sur le visage d'un homme qui me bouffait la chatte. J'enserrais sa tête entre mes cuisses, il était si doué que mes muscles frémissaient, je me contractais et me relâchais tandis que sa langue glissait sur moi, s'arrêtait, prenait mon clitoris sensible dans sa bouche et le suçotait à loisir, le lâchait et recommençait. Je poussai un gémissement lorsqu'il se mit à lécher une zone très érogène. Il avait de grosses mains, ses longs doigts maintenaient la fente de ma vulve bien ouverte en prévision de ses futurs assauts. Je n'arrêtais pas de trembler, ça oscillait entre une succion impérieuse et des effleurements tout en douceur. Il se montrait très attentionné pour un mec si baraqué.

Je n'étais pas en mesure de le lui dire, hormis en le suppliant de continuer, en poussant des gémissements sexy et en m'agitant désespérément ; tandis qu'il était sous moi, un autre homme enfonça sa verge dans ma bouche. Son membre épais était glissant et dur comme l'acier, je le léchais, une veine saillante courait le long de sa verge.

Il recula afin que je puisse lécher le bout de son gland, je pris une profonde inspiration avant de l'engloutir à nouveau, il s'enfonça profondément et toucha le fond de ma gorge. Son grognement de satisfaction et la façon dont il tirait mes cheveux indiquaient visiblement que je lui procurais du plaisir. Je posai une main sur son ventre et ses abdos ciselés, je l'explorai du bout des doigts, je le touchais comme s'il *m'appartenait*. Il s'arrêta, recula, essaya de garder son sang-froid, je ne le laissai pas faire, je me pressai contre lui, je l'avalais comme s'il était à moi, comme si son plaisir m'incombait. Je baissai la main, l'attrapai doucement par les couilles et l'attirai vers moi, il poussa un grognement en guise d'avertissement, je fis la sourde oreille. Il m'appartenait, je ne lui laisserais aucune chance de m'échapper, je savais en mon for intérieur qu'il n'avait pas la moindre envie de s'en aller, mais que je lui fasse, au contraire, une gorge profonde.

Mais ça ne me suffisait pas. *Ils* ne me suffisaient pas. Ce rêve ? Il devait y avoir un truc.

Non, il y en avait *un autre*. Un troisième homme me touchait. Je me sentais en sécurité, bien que cernée.

Non, bien plus qu'en sécurité. En manque. Désespérée. Comme si j'allais exploser en mille morceaux—*je voulais* exploser en mille morceaux —tout en sachant qu'ils me rattraperaient. Trois hommes, rien qu'à moi. Le premier me broutait le minou, je faisais une gorge profonde au deuxième—j'avais la bite du troisième en main et lui faisais une branlette, sa semence glissait sur mes doigts.

Je n'avais jamais eu de bite aussi longue et épaisse en main ; mes doigts n'en faisaient pas le tour. Il n'était pas bêtement agenouillé à côté de moi, le membre dressé, pour mieux recevoir sa branlette. Non, il me touchait. Il pelotait mes seins, pinçait et tirait mes tétons. Tandis que les autres me prodiguaient leurs attentions, lui se montrait plus exigeant, me pinçait plus violemment, tirait plus longuement, c'était presque douloureux. J'étais encore plus réceptive. C'était encore mieux. J'allais jouir, j'allais avoir mon orgasme. Mon dieu, ça n'allait pas tarder.

Il baissa la main, empoigna mes fesses et effectua des cercles autour de mon anus hyper-sensible. Je m'arcboutai en gémissant face au choc de cette caresse, je jouis sur la bouche du premier mec, j'avais envie que ça continue. J'avais besoin de sentir quelque chose *en moi*. Ma chatte béante me faisait mal. C'était douloureux. J'avais envie d'eux. J'avais envie qu'ils me tringlent, de recevoir leur sperme, de surfer sur la vague du plaisir.

L'idée me paraissait étrange mais je ne bronchais pas. Je savais que leur sperme était magique, que le moindre contact sur ma peau, le goût dans ma bouche, me procurerait un orgasme d'une intensité à couper le souffle. Et j'en avais envie, j'avais envie qu'ils se donnent à moi, j'avais envie de leur appartenir, tout comme eux m'appartenaient.

Je mouillais d'autant plus, justement parce que … à cause de … ça. L'homme situé en-dessous s'en aperçut, il me léchait, me titillait plus lentement, glissait sa langue dans ma chatte, me branlait, m'excitait, et toujours cette impression de *pas assez*.

Je ne pouvais pas parler mais j'avais d'autres moyens pour communiquer. J'empoignai fermement la bite du troisième homme, pris le membre raidi du second dans ma bouche en le mordillant gentiment, pas suffisamment pour lui faire mal, mais assez pour qu'il comprenne que j'avais envie de passer aux choses sérieuses. De m'amuser. J'avais besoin de jouir, j'en avais tellement envie que mon cœur allait bondir hors de ma poitrine.

"Notre femme a certaines exigences.

Je sentais le désir dans sa voix ainsi qu'une pointe de sarcasme. Il ferait moins le malin si j'avais sa queue dans ma bouche.

— Il va falloir qu'on lui montre qui commande ici. La main glissa sur mes fesses, le troisième homme introduisit son pouce dans mon anus. Et qui obéit." Il chuchota ces trois petits mots à mon oreille, son haleine chaude était si excitante que je gémis tandis qu'il me doigtait le cul, il m'excitait, son doigt effectuait de lents va-et-vient en moi, m'assurant par la même qu'il maîtrisait parfaitement le sujet.

Je l'aurais imploré si j'avais pu mais je ne pouvais rien faire. J'étais complètement à leur merci, débridée, rebelle.

Juste ciel, j'avais *envie* qu'il continue. J'avais envie qu'il me sodomise, avec l'autre bite dans la chatte et une gorge profonde pour le troisième. Ce serait trop bon. Je savais que ce serait forcément bon. Je m'en *souvenais*...

Attends un peu. Quoi ? C'était impossible. Ce n'était qu'un rêve. Je n'avais jamais fait de plan à trois. Ça ne m'était jamais venu à l'idée. Mais c'était mon rêve, je faisais ce dont j'avais envie. Avec qui je voulais. Avec trois mecs si ça me chantait.

Dans mon rêve, je rêvais de coucher avec trois hommes. J'avais le droit d'être en sueur, exigeante. J'étais ivre de plaisir, mes tétons étaient si durs et sensibles que j'aurais pu jouir rien qu'en les excitant. Mais quand il suçait mon clitoris...

Oh oui, c'était la partie de jambes en l'air la plus torride que j'aie jamais vécue. On m'avait déjà fait un cunnilingus mais je n'avais jamais chevauché le visage d'un homme. Je n'étais jamais tombée sur un homme qui ... savait exactement ce que j'attendais. Qui savait qu'avoir une bite tout au fond de ma bouche m'excitait, je me sentais soumise, une vraie chaudasse. Mais je n'avais pas honte. Aucune culpabilité, aucun jugement, aucun rappel à l'ordre de la part d'une vieille dame qui me reprocherait d'avoir fait preuve de perversité. Comment refuser alors que je n'avais qu'une envie, celle d'être justement vénérée ? Adorée ? Comblée de plaisir ?

"Jouis pour nous. Jouis pour *moi* et je t'offrirai ce que tu souhaites par-dessus tout. L'amour. Je vais sodomiser ce p'tit cul." Son doigt s'enfonça plus profondément, juste assez pour que je m'arcboute et m'empale, pour qu'il continue, pour obtenir ce qu'il m'avait promis. Lui. Enorme. Brutal. Bien profond.

Il me tira les cheveux et me força à relâcher la bite que je retenais captive dans ma bouche. L'homme placé sous moi branlait violemment et rapidement mon clitoris, il le titillait plus encore qu'auparavant. J'étais cernée. Dominée. A leur merci, soumise à leur bon vouloir, ça m'excitait. *J'adorais* ça, l'orgasme m'ébranla telle une explosion. Je hurlai de plaisir ... mes oreilles bourdonnaient, mes muscles tendus se relâchaient. Les parois de mon vagin se contractèrent sur ... du vide.

"Tu as eu ta dose, femme ?" demanda une voix rauque. Il s'agissait du deuxième homme, l'homme dont j'avais goûté le sperme sur ma langue, ce goût torride ne signifiait rien pour moi, je savourais le goût d'avance. Mais mon rêve était incomplet. Je ne savais pas comment ils s'appelaient, mais je savais qu'ils étaient grands, costauds, et très musclés. Je savais, tout au fond de moi, qu'ils m'appartenaient. C'était tout ce qui importait.

"Non, dis-je. Je ne pus réprimer un sourire moqueur. Pas encore. J'ai besoin de mes partenaires. J'ai besoin de vous sentir en moi." Oh, je jouais le jeu, je les aguichais, je leur faisais perdre leur sang-froid. En temps normal, ça m'aurait rendue nerveuse, mais il s'agissait d'un *rêve*, je n'avais pas à rougir de mes besoins, de mes désirs. Je les désirais, ils allaient me combler. J'en avais la certitude, telle une drogue qui coulerait dans mes veines, mon corps le savait, je n'avais jamais ressenti pareille assurance au lit. Jamais.

"T'es en manque. Et on n'a pas encore baisé, répondit le deuxième. Une main caressait mon dos. T'en veux encore ? T'as envie qu'on te saute ? D'être à nous pour toujours ?"

Les parois de mon vagin se contractaient devant pareille éventualité. Oh oui, j'en avais envie. Enormément envie.

"Oui." Oui ! Je m'entendais crier, mais je n'avais pas l'air d'entendre, ou alors, ça entrait par une oreille et ressortait par l'autre. Cette gloutonne de garce savait très bien qu'elle obtiendrait forcément ce qu'elle/ce que je voulais.

"J'espère que tu as bien dormi. Tes maris avaient besoin de toi et de ton sexe. De ta bouche. De tes gros seins. De ton petit trou du cul parfait." La main qui empoignait mes fesses pivota, je poussai un cri en sentant un doigt s'enfoncer dans mon anus. "Tu nous appartiens de A à Z, ou du moins, tu nous appartiendras d'ici demain matin."

Oh mon dieu.

Il paraît que certaines femmes éprouvaient des orgasmes en plein rêve. C'était vrai, j'en étais la preuve vivante. Et puisque je rêvais, je décidais d'être pluri-orgasmique. Pourquoi s'arrêter à un ? J'étais trop excitée, trop en manque pour m'arrêter en si bon chemin.

"Oui je le veux. Je prendrais tout ce que vous voudrez bien me donner." Je n'avais jamais testé la sodomie, on m'avait doigtée, je ne pouvais pas le leur refuser à tous les trois. Ces trois hommes étaient parfaits pour ce genre de domination.

"C'est exact." Le premier avait parlé, il ponctuait chacune de ses paroles par un baiser sur mon clitoris, comme s'il le saluait. Sa voix était plus grave, sa cadence plus lente, comme s'il avait tout son temps ... ou du moins, toute la nuit, il était *exactement là où il avait envie d'être*. "Il s'agit d'un orgasme préliminaire pour que tu sois bien prête, que ta chatte soit toute douce. Gonflée. Humide." Son dernier mot était à mi-chemin entre la séduction et la promesse, mon corps frémit en guise de réponse. Je venais tout juste d'avoir un orgasme mais mon corps était en demande, je les suppliais.

"Je veux vos bites, grondai-je. Donnez-les-moi. Tout de suite.

— Mademoiselle Nichols."

Non ! Non. Allez-vous-en. Cette femme à la voix agaçante interrompit mon rêve. J'essayai de lever la main pour la rembarrer mais je n'y parvins pas. J'étais entravée. Comment osait-elle m'interrompre en plein ébat avec mes trois mecs ?

"Mademoiselle Nichols," répéta-t-elle.

J'ouvris grand les yeux, je me trouvais dans la salle d'examen aseptisée du centre de recrutement des épouses. Mur gris. Carrelage blanc. Mes poignets étaient menottés sur un étrange fauteuil, même un guerrier extraterrestre n'aurait pas pu en venir à bout. Merde.

Je n'avais pas envie d'être là. Je voulais être *là-bas*. Pour la première fois de ma vie, je me sentais totalement sexy et libérée. Je fermai les yeux pour ne pas voir la réalité en face.

Je serais forcément déçue tôt ou tard. Ce n'était qu'un rêve. Un rêve de rien du tout, sans importance, qui aurait tôt fait de faire ressortir le ridicule de la situation, tout ce que je n'osais pas demander et que je n'aurais jamais.

Trion. On m'envoyait là-bas. Je devais en parler sérieusement avec ma sœur déjà sur place. Je savais que les hommes de Trion étaient experts dans la domination et *détestaient* partager, je commençais à me faire à l'idée que j'allais débarquer sur une planète inconnue, que ça me plaise ou non, pour y être attachée et frappée des heures durant par un nouveau mari. Mais trois hommes ?

Il était impossible que *ça* se passe sur Trion. Peu importe que j'aie vécu l'extase. Ce n'était qu'un rêve.

Mon dieu. Ma peau était trempée de sueur, ma chatte gonflée palpitait suite au premier orgasme qu'ils m'avaient procuré. Mais j'étais encore survoltée, comme dans le rêve. En manque. Si je fermais les yeux, j'arrivais à sentir mon amant caresser doucement mon dos. Mon petit clitoris durci était sensible et gonflé. Mes tétons me faisaient mal à force d'être tripotés. La gorge profonde m'avait donné mal aux muscles de la mâchoire.

Il s'agissait d'une illusion. C'était un méga-leurre. Ces hommes n'étaient pas ici avec moi. La gardienne Egara, si. Elle était séduisante mais c'était pas mon style. Non. Non avec un N majuscule.

Résignée à l'inévitable, je soupirai et ouvris les yeux, elle me dévisageait avec une sainte patience. Elle me regardait comme une infirmière qui venait d'apprendre une mauvaise nouvelle et ne savait pas comment l'annoncer. *Vous voyez cette aiguille gigantesque ? Oui ? Je vais vous piquer le dos. Vous aurez la sensation qu'on serre votre moelle épinière dans un poing. Désolée, ma belle.*

La gardienne Egara me regarda d'un air perplexe :
"Vous êtes là, Mademoiselle Nichols ?

— Je parie que les femmes que vous réveillez après le test vous détestent autant que je vous déteste à l'instant présent," dis-je d'un ton plus que méprisant.

Elle se pencha sur moi, elle portait un uniforme impeccable, ses cheveux bruns étaient relevés dans un chignon net, elle arborait une expression presque sévère mais une certaine tristesse se lisait dans ses yeux gris, comme si elle portait tout le poids du monde sur ses épaules. Il y avait de quoi si elle était chargée de superviser les épouses provenant de la planète Terre avec le reste de l'univers. Ma répartie lui tira un demi-sourire.

"C'est à vous que j'ai demandé de me la mettre, et non pas à trois mecs canons bien montés. C'est ça ? Dites-moi que j'ai pas parlé à haute voix.

Elle souriait pour de bon.

—Ne vous inquiétez pas. J'ai entendu pire."

Ha ! C'était pas que moi en tout cas. J'étais si gênée que j'aurais voulu disparaître dans un trou de souris ou m'évaporer. Je me tortillais sur le fauteuil autant que faire se peut, il était dur, inconfortable et mes poignets étaient attachés.

"Mon test est normal ? *C'était* tout à fait normal ?Elle hocha la tête et recula. Pourquoi avoir arrêté s'il était normal ? C'est pas cool. Des rêves pareils sont nécessaires."

La gardienne hocha la tête en signe de compréhension—mais c'était tout de même elle qui avait interrompu mon rêve durant le test—et prit place sur une chaise ordinaire derrière un bureau non moins ordinaire. "Ce ne sera bientôt plus un rêve. Ça peut devenir votre réalité. Vous avez réussi le test, Mademoiselle Nichols, avec une compatibilité de quatre-vingt-dix-sept pour cent, c'est remarquable.

Je hochai la tête.

— D'où ma présence ici. J'accepte. Téléportez-moi. Je suis prête." Il était temps que je me tire de cette planète pour retrouver ma sœur jumelle. Comment Mindy avait pu *oser* me laisser toute seule ici ? J'étais partagée entre l'envie de pleurer et de lui crier dessus. Je me contentai de cligner des yeux à plusieurs reprises pour retrouver mon self-control et me concentrai sur la gardienne. Je la dévisageai sans la voir. Je pensai à Mindy, au message qu'elle avait laissé sur mon portable.

CE SALAUD DE JOSH M'A LAISSÉE TOMBER. JE TE JURE QU'Y'A que des mecs pourris sur Terre. Je sais que tu vas me détester mais je me suis portée volontaire pour devenir une Epouse Interstellaire. Je pars pour Trion ! Je t'avertis pour que tu t'inquiètes pas. Fuir ... ou partir. Peu importe. 'Téléporte-moi, Scottie !' Je vais épouser un extraterrestre. Ha ! Je t'adore, Sissy. Je t'enverrai un message dès que possible. Je suis excitée comme une puce. Je me barre.

J'AVAIS ENTENDU PARLER DE TEXTOS DE RUPTURE MAIS c'était pire encore. Bien pire. Ma petite sœur—ma sœur jumelle, plus jeune de trois minutes—me laissait un *texto* à la con pour m'informer qu'elle quittait cette putain de planète afin d'épouser un extraterrestre. Sur Trion en plus. Elle n'avait pas cherché à me voir avant de partir. Non, elle me l'avait dit au dernier moment, alors qu'elle était en train de quitter cette *putain de planète*. Une fois l'affaire conclue. Je ne connaissais rien à la planète Trion, hormis que les hommes étaient grands, dominateurs et vachement coquins.

Ça me convenait parfaitement. J'avais enfin eu le feu vert après deux mois passés à me morfondre. J'allais où Mindy allait. Nous étions identiques, personne n'était aussi proche de moi au monde, dans tout *l'univers*. Mais elle n'était plus sur Terre. J'étais furax qu'elle m'ait laissée tomber. Même encore maintenant.

Si elle m'avait parlé de ses intentions, je serais là-bas

moi aussi. On aurait passé le test et on serait parties ensemble sur cette nouvelle planète. Double mariage. Nos beaux mâles extraterrestres se seraient frotté les mains en songeant voir arriver une épouse, sauf qu'on aurait été deux. Offre promotionnelle. Deux pour le prix d'une. Inséparables.

Sauf que c'était pas le cas. Elle m'avait laissée en rade.

Être larguée par un mec n'était rien en comparaison d'être abandonnée par une sœur téméraire, impulsive et irresponsable. Je veillais sur elle, je m'assurais qu'elle n'ait pas d'ennuis. Je n'avais que quelques minutes de plus mais j'avais l'impression qu'on avait plusieurs années d'écart.

Une vingtaine d'années d'écart, pour être précise.

Le départ de Mindy m'avait coupé la chique, je devais me faire violence pour ne pas pleurer, je me sentais cruellement rejetée. C'était encore pire qu'être larguée par un mec. Pire que lorsque nos parents nous avaient largués chez nos cousins pour ne plus jamais revenir. Pire encore que lorsque j'avais dû tirer un trait sur mon rêve d'entrer à l'université. Pire encore que lorsque Mindy avait refusé de s'inscrire à l'université et décidé de devenir dentiste.

Je détestais tout ce qui touchait au secteur dentaire. Je détestais aller chez le dentiste. Je voulais devenir architecte mais entre mes notes en-dessous de la moyenne et ma note d'examen d'entrée à l'université, les universités reconnues ne m'avaient pas vraiment déroulé le tapis rouge. Lorsque Mindy avait refusé ne serait-ce que de s'inscrire, il était arrivé ce qui devait arriver, j'avais arrêté les études. Mon job consistait à réaliser les plans d'une équipe de mecs bedonnants d'une cinquantaine d'années, leurs femmes revêches et leurs ados me traitaient comme si j'étais leur domestique et leur coursier dès qu'ils se pointaient au bureau.

J'avais cru mourir quand Mindy était partie. Je me sentais tellement vide, j'avais tellement mal que je n'arrivais plus à réfléchir. D'un autre côté, j'étais tellement en colère que j'avais envie de lui casser la figure quand je la verrais sur Trion. Lui crier dessus. La gifler et lui demander des comptes. Elle me haïssait tant que ça ?

Qui que ce soit mon nouvel époux extraterrestre, il allait vite devoir comprendre que ma sœur était ma priorité. On se foutrait à poil *après* que je me sois assurée qu'elle aille bien et après que je l'aie tuée. J'irais *alors* vivre au pays imaginaire pendant une minute d'extase et j'aurais quelques—espérons-le—orgasmes de folie avec un extraterrestre sexy rien qu'à moi.

Je n'étais pas quelqu'un de violent. Je n'ai jamais été violente. Je n'ai jamais frappé personne, j'avais pas pour habitude de cogner. C'était Mindy qui s'en chargeait. Moi j'étais la fille sage. Responsable. Toujours maîtresse de la situation. Prévoyante. Je nous

sortais de la merde dans laquelle elle nous mettait.

Mais j'étais terrorisée à l'idée de ne pas pouvoir la sortir de ce guêpier. Terrifiée à l'idée de la perdre pour toujours. Terrifiée comme jamais.

Je ne voulais pas rester seule. Entièrement seule. Je ne m'étais jamais retrouvée seule. Ma sœur avait constamment besoin de moi. Toujours. Et maintenant ? J'étais à la dérive, inutile. Je me sentais perdue.

Elle avait bien entendu laissé un message pendant ma réunion hebdomadaire au bureau, je ne pouvais pas l'en empêcher. J'avais passé le test huit semaines et deux jours après Mindy. Et j'étais terrifiée. J'avais enfin pris ma décision, j'étais montée en voiture et j'avais foncé. C'était l'une des choses les plus irresponsables que j'avais faite de toute ma vie. Je n'avais ni donné mon préavis, ni vendu mes meubles, ni résilié mon portable.

Le monde s'apercevrait de mon départ ultérieurement. Je voulais filer d'ici. Retrouver ma sœur.

Si je réfléchissais un peu trop—ou un peu plus—ça risquait de devenir trop tangible, trop flippant, je craignais de perdre mon sang-froid.

Je serais bientôt sur Trion, je pourrais me lancer à sa recherche et lui donner la fessée qu'elle méritait puisque j'avais accepté le mariage. Ou une mort horriblement douloureuse de mes propres mains—avant de la prendre dans mes bras, histoire qu'on soit ensemble une bonne fois pour toutes. Nos parents ne nous avaient jamais câlinés, ni endossé la moindre responsabilité. On avait dû compter que sur nous-même dès le départ.

"Super. La gardienne semblait satisfaite et effleura sa petite tablette du doigt. Ce faisant, elle poursuivit, les épouses dont je m'occupe ne sont pas toujours aussi motivées que vous. Les criminelles se montrent en général récalcitrantes pour se porter volontaire.

— Ouais ben ch'uis pas une criminelle, mais je suis plus que partante. Ma sœur a également été recrutée.

Elle me lança un bref regard.

— C'est parfait. Je compris au ton de sa voix qu'elle considérait cette information comme totalement déplacée. Voilà tout. J'ai quelques détails à régler avec vous avant de lancer les préparatifs de transport.

— Allez-y, répondis-je, j'avais hâte d'y être.

— Déclinez votre identité.

— Violet Nichols.
— Etes-vous mariée ?
Ah oui, effectivement.
—Non.
— Avez-vous des enfants, même adoptés ?
—Vous voulez dire que certaines femmes abandonnent leurs enfants ? demandai-je, sans répondre à cette question toute simple.
— Nous éliminons cette éventualité, répondit-elle, même si le cas s'était forcément présenté.
—Non. Je n'ai pas d'enfants.
—Vous acceptez cette union de votre plein gré et sans contrainte ?
Je hochai la tête.
— Oui, je le veux. Je signe où ?
— Votre accord verbal est suffisant, Violet, tout est enregistré et sauvegardé. Merci."

Ça me gênait de savoir que mon rêve torride avait été enregistré mais la gardienne avait dit que j'étais pas la seule femme à éprouver de l'embarras suite à l'excitation provoquée par le test. Je n'étais qu'un numéro de plus. Un autre test, un autre transport. Je serais bientôt sur Trion. La Terre et son centre de recrutement seraient très, très loin.

"Génial." Je tapai mon pied nu contre le fauteuil dur, j'étais galvanisée. L'orgasme de mon rêve m'avait peut-être motivée. J'allais bientôt retrouver ma sœur *et* rencontrer mon amant extraterrestre torride.

"Fantastique. Je n'ai plus de questions." Elle recula, une fente éclairée par une lumière bleu clair se matérialisa dans le mur. Une section du mur coulissa, le fauteuil glissa latéralement dans une sorte d'alcôve.

Bon sang. Je partais sur Trion. Maintenant. Là, tout de suite.

Je fermai les yeux mais sentis quelque chose qui me piquait derrière l'oreille. Je poussai un cri perçant mais la gardienne Egara me calma sur le champ.

"J'implante votre Neuro Processeur, Violet, afin que vous puissiez comprendre et parler leur langue. Tout va bien."

Je poussai un soupir de soulagement et me détendis. *On y est presque. Je vais retrouver Mindy*.

"Je suis prête pour un aller simple sur Trion.

Elle fronça les sourcils.

— Trion ? "

J'essayai de lever les mains pour frotter mes poignets, bien qu'ils ne me fassent pas mal. J'avais envie de gigoter, de mettre mes cheveux derrière mon oreille, de m'agiter dans ce pseudo-fauteuil de dentiste. Cette douleur à l'oreille était plus efficace que la Novocaïne. Cet endroit était cent fois mieux que chez le dentiste. On y rêvait d'hommes sexy.

"Oui, sur Trion. C'est là que vous allez m'envoyer.

La gardienne me regarda d'un air incrédule et pencha la tête de côté.

— Vous pensiez vous rendre sur Trion ?

— Ma sœur est là-bas, je veux la rejoindre. J'en étais absolument certaine. Nous étions jumelles. Identiques. Inséparables. Pour toujours.

— C'est chouette pour votre sœur, dit la gardienne d'un ton neutre, comme si elle avait déjà sorti cette excuse à d'autres jumelles auparavant. Mais votre partenaire n'est pas originaire de Trion.

Je restai bouche bée et regardai la femme avec de grands yeux.

— Bien sûr que si. Je vais sur Trion.

Elle secoua lentement la tête.

— Non, Mademoiselle Nichols. Vous partez sur Viken. Une union compatible à quatre-vingt-dix-sept pour cent est remarquable, surtout sachant que vous avez trois guerriers pour partenaires."

Putain de merde. Trois ? Elle avait bien dit trois guerriers ?

Non. Elle devait se tromper. Le rêve était torride. Hyper torride. Epoustouflant. Mais ce n'était pas ce dont j'avais besoin. Je *devais* me rendre sur Trion. Je fis la grimace.

"Sur Viken ? C'est où ça, Viken ? J'ai jamais entendu parler de cette planète."

Je tirai sur mes liens, j'avais un besoin irrépressible de descendre de ce fauteuil avant que la gardienne Egara appuie sur un bouton magique et m'envoie sur cette putain de mauvaise planète. Il était hors de question que j'aille sur Viken. Mindy était sur Trion. Sur Trion.

"Viken est une petite planète réputée pour ses—

Je la regardai méchamment.

— Je me fiche de Viken." Je tirai plus violemment et grimaçai, les liens me rentraient dans la peau. Je fis pivoter mes jambes sur le côté et essayai de me lever. "Non. Je ne veux pas aller sur Viken.

— Pourquoi ? D'après le résultat du test de votre subconscient, c'est le choix idéal.

Je levai les mains, bien qu'elles soient toujours attachées, pour lui dire de tout arrêter.

— C'est hors de question. Je refuse.

— Vous êtes déjà mariée, répondit-elle. Vous avez accepté cette union officiellement et verbalement. Je suis pieds et poings liés."

Oui, moi aussi. Je tirai de nouveau sur mes liens.

"D'après le protocole en vigueur, je dois vous envoyer sur la planète ayant le plus fort taux de réussite, il s'avère que c'est Viken."

Je secouai la tête. C'était n'importe quoi. Vraiment n'importe quoi. Mais ils avaient besoin d'épouses, n'est-ce pas ? Le programme des épouses faisait de la publicité partout. A la télévision. Sur internet. Sur les bus. Ils étaient désespérés à ce point ? Elle allait m'envoyer là où je voulais. Elle était obligée.

"Je suis désolée, gardienne. Mais c'est non. Si je ne peux pas aller sur Trion, je rentre chez moi.

— C'est du jamais vu, Mademoiselle Nichols. Elle n'avait plus l'air triste, mais je lisais une chose de pire dans ses yeux. De la pitié. Vous refusez le bonheur, Violet. Je ne peux pas vous envoyer sur Trion. Les protocoles de recrutement sont très clairs là-dessus. Vous avez été accouplée, je ne peux plus rien pour vous. Je ne peux pas vous envoyer sur une autre planète, sachant que vous y serez malheureuse.

Je me retournai et regardai cette femme de travers.

— Gardienne Egara, je n'irai pas sur Viken. Je me tus, serrai les dents et crachai, j'irai sur Trion, avec ma sœur, c'est ça ou rien.

—Mais—

— Défaites mes liens s'il vous plaît. Je rentre chez moi."

La gardienne me dévisagea une bonne minute, réfléchissant vraisemblablement à ce qu'elle allait faire.

Les femmes n'avaient pas pour coutume de refuser leurs partenaires ? Je croyais que les femmes disaient constamment 'Non'. C'était logique d'avoir la frousse. Non ?

A moins que je sois complètement stupide ? Je refusais donc mon droit au *bonheur ?* Non. Mon bonheur était auprès de ma sœur. Elle était ma moitié. Je n'avais que faire d'un homme—ou de trois—pour être heureuse. Je devais la savoir en sûreté. Heureuse. Je ne serais pas heureuse tant que je ne saurais pas si elle allait bien. Je m'étais jurée de prendre soin d'elle, c'était génétique.

"Si vous m'obligez à rester sur ce fauteuil, je hurle.

Elle vint vers moi en soutenant mon regard.

— Vous faites erreur, Violet.

— Non. Je ne peux pas aller sur Viken.

Elle poussa un soupir qui m'ébranla de la tête aux pieds et me tapa carrément sur les nerfs.

— Très bien."

Le fauteuil coulissa dans la pièce principale, les portes étranges se refermèrent, la lumière bleue disparut. Les liens se rétractèrent presque comme par magie, je me levai si précipitamment que je me jetai quasiment sur elle, en frottant la zone derrière mon oreille qui se résumait désormais à une drôle de bosse douloureuse. Ce n'était pas une erreur. Je devais tout simplement trouver un autre moyen de me rendre sur Trion.

Il devait forcément exister un autre moyen.

2

Calder, Planète Viken, Viken United, Terminal de Transport n°4b

Elle n'allait pas tarder à arriver. Ma femme. Enfin, Dieu merci. Mon cœur battait à tout rompre, j'inspirai profondément afin de calmer mon excitation. Deux ans. Deux putains d'années à l'attendre. Et pendant tout ce temps, elle était là, sans que je le sache, ma femme rien qu'à moi. Parfaite à quatre-vingt-dix-sept pour cent. Les trois pour cent restants ? On réglerait ça vite fait. Dès son arrivée.

Je contemplais la plateforme de transport vide, le centre de transport en comptait quinze. C'était le plus grand terminal de transport de tout Viken United, le plus fréquenté aussi. Des combattants, des gardes, des femmes arrivaient et repartaient de toutes les directions, provenant de planètes éloignées comme celle de ma femme terrienne, tandis que d'autres rejoignaient probablement un bataillon. Je regardais le bout de la file, un couple main dans la main se matérialisa côte à côte. Il portait l'uniforme noir et l'insigne en forme de flèche du Secteur Deux, elle arborait la robe toute simple d'une épouse Viken.

Un violent sentiment d'envie me submergea. Moi aussi j'avais envie de donner la main à ma femme, d'être à ses côtés. La savoir près de moi, saine et sauve. *A moi.*

Je tapais du pied en signe d'impatience. Je venais d'apprendre il y a trois heures à peine que j'étais enfin en couple. Dans combien de temps arriverait-elle ? Je savais que la Terre était située à des années-lumière, les techniciens chargés du transport avaient-ils la moindre idée du calvaire que j'endurais à chaque seconde qui s'écoulait ? Elle était à moi. C'était officiel. Elle avait accepté, elle allait arriver d'un moment à l'autre. A moi.

A moi !

"Calder, quel plaisir de te revoir.

Je me retournai et reconnus un visage familier.

— C'est réciproque. C'est Zed, si mes souvenirs sont bons ?" demandai-je. Cet homme grand hocha la tête, ses cheveux courts légèrement ondulés retombèrent sur son front lorsqu'il hocha la tête.

"Oui, ça fait un bail. La mission du Secteur Ving-Sept, je crois.

Je repensais à notre rencontre, lorsqu'on avait combattu ensemble.

— Trois ans environ. Un sacré bordel. Ch'uis bien content d'avoir survécu." Je ne voulais plus repenser au massacre auquel nous avions survécu. Un bataillon s'était retrouvé encerclé par la Ruche. On avait combattu tous ensemble pendant deux semaines, des escadrons de combattants, mêlés aux mecs des Renseignements. La Ruche en avait tués ou intégrés une kyrielle avant l'arrivée des renforts. On avait fini par lier connaissance à force de rester plantés là. Combattre permettait de créer des liens, des liens qui n'auraient pas eu lieu d'être en d'autres circonstances.

Son visage était sombre, je savais qu'il repensait lui aussi à cette période. "J'ai pris ma retraite six mois après."

Je me souvenais de son uniforme noir, il faisait partie du Secteur Deux. Mon insigne était de la même couleur que son brassard, rouge. Mon brassard marron représentait mon secteur, je faisais partie des gardes royaux. Seules les personnes en contact direct avec les rois arboraient le brassard rouge. Je n'avais jamais vu Zed sur Viken United auparavant. Je faisais partie de la garde royale de la reine et étais tombé amoureux fou de la petite princesse Allayna. J'adorais voir les trois rois avec leur femme et leur fille, les jours qui s'écoulaient étaient de plus en plus pénibles. Cette solitude m'empoisonnait. J'avais besoin d'une femme. J'avais besoin d'une famille à protéger et à chérir. La famille passait avant tout, et je n'en avais pas. Jusqu'à aujourd'hui.

Ma femme allait arriver d'un moment à l'autre, j'avais du mal à retenir ma joie.

"J'ai pris ma retraite de la Coalition voilà deux ans. J'exerce désormais en tant que garde sur Viken United. Les SSV sont toujours à l'affut mais ce n'est rien comparé à la Ruche, putain de merde."

Je savourais ma vie paisible, la vie toute simple sur Viken. La nature, la campagne. L'espace n'était pas fait pour moi, ma planète natale me convenait à merveille. Les pieds bien rivés au sol, les arbres au feuillage luxuriant. La paix, voilà tout. J'avais assez combattu, j'avais gagné mon droit au mariage. J'avais attendu longtemps, certes, mais ma femme était enfin là. Ma femme allait arriver. J'étais comblé.

Il me sourit.

"Je te comprends. Il pencha la tête de côté. Je bosse pour l'IQC. Le Centre de Communications Interstellaire à l'autre bout de la planète, au pôle, de la glace, de la neige, de la roche à perte de vue. Un vrai désert où seuls les animaux les plus endurcis survivent. Ainsi que les plus farouches guerriers.

— On se gèle les couilles là-bas," rétorquai-je. J'habitais sur la zone la plus urbanisée de Viken United, IQC rimait avec solitude. Il n'était pas seul sur cet avant-poste mais vachement isolé. Vu son calme et sa nonchalance, ça ne le gênait visiblement pas.

Il haussa les épaules.

On s'habitue à tout. Il esquissa un sourire. Ce sera encore mieux quand j'aurais ma femme pour me tenir chaud la nuit.

Je bandais à l'idée de partager ma couche avec ma femme. Je me dandinais d'un pied sur l'autre.

— T'es ici pour accueillir ton épouse ?

Il sourit.

— J'ai appris voilà quelques heures qu'une femme m'attend. Il était fier comme Artaban, tout comme moi. J'ai super hâte.

Je lui donnai une tape amicale sur l'épaule.

— Félicitations. Moi aussi je suis venu chercher ma femme. J'attends son arrivée.

Je soupirai.

— Putain, dire que je me retrouve ici avec toi. Je

bande rien qu'à l'idée de partager mon lit et ma vie avec une femme rien qu'à moi.

Il hocha la tête, il me comprenait et sortit :

— Tu connais le Secteur Deux, on y adore le bondage. J'ai hâte d'attacher ma femme au lit. Il se pencha, personne ne semblait espionner notre conversation. Les pratiques sexuelles de chaque secteur n'étaient un secret pour personne. Je la laisserai pas tranquille tant qu'elle aura pas eu au moins cinq orgasmes. Et quand bien même, je risque pas de la lâcher."

L'idée d'attacher ma femme au lit était tentante, non pas que j'adorais ça mais parce que je savais qu'elle ne pourrait pas s'enfuir. Je ne voulais pas non plus la montrer en public. Je la tringlerais en privé jusqu'à ce qu'on apprenne à mieux se connaître, jusqu'à ce que mon désir soit comblé, mais lorsque nous sortirions en public, tout le monde témoignerait de sa beauté lorsqu'elle jouirait sur ma bite. Elle serait rien qu'à moi. Je ne me lasserait jamais de sa perfection, tout le monde verrait que mon sperme l'avait marquée, et elle serait intouchable, ma Terrienne serait à moi et à moi seul.

Je grognai en songeant qu'un étranger puisse la toucher. Je contemplai la plateforme de transport. Mais elle était où bon sang ? Je regardai Zed, tout excité. "Encore toutes mes félicitations. Je ne voudrais pas t'empêcher de la retrouver.

— Ok. Idem pour toi. Tu ferais mieux d'y aller. Je ne voudrais pas te faire manquer son arrivée.

Je me renfrognai.

— Ça risque pas. Elle doit arriver ici-même. J'indiquai

le plancher surélevé sur lequel elle apparaîtrait. Hyper vite. D'une seconde à l'autre.

— Non, c'est ma femme qui va arriver ici. Il s'agit bien de la plateforme de transport numéro trois ?"

Nous nous retournâmes et jetâmes un coup d'œil au technicien chargé des transports derrière son pupitre. Quinze techniciens s'alignaient derrière autant de pupitres.

"Plateforme numéro trois, confirma-t-il.

— Il doit s'agir d'une erreur, dis-je.

— Exact, il doit s'agir d'une putain d'erreur. Nous regardâmes le Viken qui venait de marmonner. Il vint vers nous, la porte d'entrée de cette zone du terminal de transport coulissa et se referma derrière lui.

—*Ma* femme va arriver sur la plateforme de transport numéro trois."

Son uniforme gris portait l'insigne en forme de lance d'un membre du Secteur Trois. Son brassard rouge l'identifiait en tant que garde royal mais ses yeux sombres et ses mâchoires contractées—ainsi que ses poings serrés—indiquait que c'était un combattant. Je l'avais déjà vu. C'était un garde de la reine. Un veilleur de nuit. J'étais bien plus actif et alerte le matin, pas étonnant qu'on se soit jamais parlés. Nous étions des douzaines et ne partagions pas les mêmes quartiers. Zed n'avait pas l'air de le reconnaître, ils n'avaient pas l'air de se connaître.

"Ta femme ? Zed et moi répondîmes en même temps.

— Ma femme," rétorqua-t-il, en tapant sur sa poitrine.

Quelque chose clochait. Nous nous retournâmes tous les trois vers le technicien préposé au transport. Il n'était pas très grand, il devait faire une bonne tête de moins que nous, il écarquilla grand les yeux devant nos regards pénétrants. Il déglutit péniblement tandis que nous le dévisagions.

"Nous avons identifié un problème que nous devons résoudre," dis-je en posant mes mains sur le pupitre. J'avais l'habitude de commander—non pas que les autres n'en aient pas le droit—mais j'attendais ici depuis un moment, ma patience était à bout, je me métamorphoserais en bête Atlan au moindre problème. Je voulais ma femme, je la voulais maintenant. "Trouvez où se trouvent les plateformes de téléportation de nos femmes immédiatement. Trois femmes doivent arriver d'ici dans les prochaines minutes ?

— Je m'appelle Axon. Je viens du Secteur Trois. Je suis d'accord avec lui. Trouvez nos femmes immédiatement."

Zed croisa les bras sur sa poitrine sans rien dire, hormis son nom.

Le technicien avala péniblement, regarda son pupitre et se remit au travail. Ses doigts voletaient sur la surface plane à toute vitesse. Il était tout à fait compétent mais il y avait une erreur colossale qu'il devait résoudre en consultant ses supérieurs. Deux erreurs étaient possibles, mais trois ?

Son équipe allait dérouiller. Plus tard. Une fois que ma femme serait bien au chaud sous moi dans mon lit. Zed avait peut-être la même idée, mais en l'attachant. A plat ventre, les bras tendus au-dessus de sa tête tandis que je glisserais un oreiller sous ses hanches, afin que son cul soit pile dans la bonne position pour que mon sexe s'enfonce dans son anus étroit. Elle hurlerait de plaisir avant que j'aie fini. Le pouvoir de mon sperme lui—

"Il n'y a pas d'erreur, dit-il en m'interrompant dans

ma rêverie cochonne, et il nous regarda d'un air toutefois inquiet.

— Expliquez-vous, lança Zed d'un ton coupant.

— Une épouse destinée à l'Elite Royale Calder, l'Elite Royale Zed et l'Elite Royale Axon va bientôt arriver sur la plateforme de transport numéro trois.

— Monsieur le technicien, on ne peut pas transporter trois femmes différentes provenant de trois endroits différents en même temps, répliquai-je, en affirmant l'évidence.

Il m'adressa un léger signe de tête.

— Oui monsieur. J'en suis conscient monsieur. Mais le transport concerne une seule et unique femme. Il baissa les yeux sur son pupitre tout en consultant l'affichage. D'après les détails, elle vient de Terre, du Centre de Recrutement des Epouses de Miami."

Zed et Axon s'agitèrent et hochèrent la tête. J'avais comme un étrange pressentiment. Ma femme provenait bien de l'endroit indiqué. Pourquoi, alors, Zed et Axon opinaient du chef ?

Le technicien nous regarda tour à tour.

"Hum, on vous a demandé de venir ici, vous êtes les trois époux de cette épouse en transit.

— Pardon ?

La voix de Zed claqua tel le tonnerre. Des gens se retournèrent.

— Tous les trois ?" demandai-je en regardant les deux autres. Apparemment eux non plus ne s'y attendaient pas. Les nouveaux rois de Viken avaient lancé la mode afin d'unifier les secteurs, trois guerriers se partageaient une seule et même épouse, mais ce n'était pas ce que j'avais demandé, je n'étais pas d'accord, et vu leur tête,

Axon et Zed ne l'était pas non plus. La famille comptait par-dessus tout pour moi. Plus que tout au monde. Et ces hommes, bien qu'excellents guerriers, n'étaient ni mes frères, ni mes amis. C'étaient mes rivaux, qui convoitaient la femme qui m'était destiné.

"Vérifiez encore, dit Axon en indiquant le pupitre de contrôle.

Le technicien haussa les épaules.

— Je peux envoyer un message sur Terre, à la Gardienne Egara, c'est elle qui gère le centre, pour lui le dire que vous refusez cette union.

— Non !" Nous répondîmes à l'unisson, et bien que je sois déçu que les autres hommes n'aient pas jeté l'éponge et ne me laissent pas ma femme, j'étais heureux de constater que c'étaient des guerriers ayant le sens de l'honneur, prêts à se battre pour elle, tout comme moi. Je ne tolérerais pas de laisser ma femme à un guerrier que je jugerais indigne d'elle.

Le technicien baissa rapidement la tête et effleura l'affichage encore plus rapidement que précédemment. Il se mordit la lèvre au bout d'une minute.

"Hum, Messieurs, il semblerait qu'il y ait du changement.

Je me tendis, les autres firent de même.

— Elle ne vient pas. Elle a refusé le transport." Le technicien n'osait pas lever les yeux, visiblement terrifié à l'idée d'être tué non pas par un homme rejeté, mais par trois. Des combattants de la Coalition retraités qui plus est. "Un accord a été conclu, elle a clairement accepté, mais elle refuse le transport. La Gardienne Egara mentionne qu'elle a refusé d'être transportée sur Viken et a quitté le Centre.

— Pour aller où ?" demandai-je en faisant les cent pas. Zed ne bougea pas d'un poil. Axon donna un coup de poing dans le mur, faisant un trou dans le métal ionisé.

Le technicien répondit en tressaillant.

"Chez elle ? Je ne sais pas monsieur. Je hum ... ne connaîs rien à la vie sur Terre."

Elle avait refusé ? Elle ne voulait pas de moi. Ou de nous. C'était ridicule. On était compatible à quatre-vingt-dix-sept pour cent ? On était faits l'un pour l'autre. Il était donc impossible qu'elle soit la femme de nos vies ?

Mon égo masculin en avait pris un coup. J'étais en colère. Courroucé. Comment osait-elle refuser quelque chose d'aussi précieux qu'un mariage ?

"Je vais la chercher, lançai-je, sans réaliser la portée de mes paroles et sans réfléchir. Elle est à moi. Je ne lui permets pas de rejeter cette union. Si elle ne vient pas à moi, c'est moi qui irais à elle, pour lui prouver qu'on est faits l'un pour l'autre. Je me dirigeai vers la plateforme de transport et croisai les bras. Technicien, inversez les coordonnées de transport.

—Elle n'est pas à toi," dit Axon, en me fonçant dessus et en m'aboyant au visage. Il était peut-être plus en colère que moi mais je n'étais pas un lâche. Je ne céderai pas de terrain, j'étais prêt à me battre si nécessaire.

"Oh que si, c'est moi qu'elle a épousé.

— Moi aussi, répondit-il, si tu y vas, j'y vais aussi. Elle choisira son partenaire elle-même."

Il se retourna et monta sur la plate-forme de transport à mes côtés. Je ne prêtai pas attention à Zed, espérant qu'il s'en irait de lui-même. Cette terrienne était à moi. C'était ma femme. Si elle était réellement en couple avec Axon et Zed—ce que la gardienne des Epouses Interstellaires sur Terre devrait encore prouver—alors je respecterais le protocole et lui permettrais de choisir.

Mais avait-on le choix ? Notre union était parfaite. J'étais son mari. Je hochai la tête, confiant. Il était en colère lui aussi mais je n'étais pas intimidé ni effrayé et acceptais ce défi que représentait sa présence. Je n'étais pas inexpérimenté. J'avais de l'expérience, tout comme lui. J'étais féroce. Déterminé. Et très doué pour donner du plaisir à une femme. C'est moi que notre femme choisirait. Et s'il essayait de contrarier mes plans ? Je lui arracherais la tête avant qu'il me l'enlève.

La plateforme de transport se mit à vrombir, le champ électro-magnétique produisit des picotements sur ma peau tandis que Zed grimpait et se plaçait à son extrémité. "Elle m'appartient, c'est ma femme. Elle devra choisir entre nous trois ... vous ne partirez pas sans moi. D'après les tests, elle est compatible avec nous trois. Par conséquent, je ferai tout pour qu'elle me choisisse.

Axon et moi dévisageâmes Zed, Axon acquiesça au bout d'un moment.

— Tout est prêt messieurs. J'ai reçu le feu vert de la Terre pour amorcer le transport jusqu'au Centre de Recrutement des Epouses de Miami. La gardienne Egara sera là pour vous accueillir et faire en sorte que vous répondiez aux normes en vigueur sur Terre, répondit le technicien, visiblement très pressé de nous expédier le plus loin possible.

— De quelles normes parlez-vous ? demandai-je.

Il fronça les sourcils, visiblement en colère, mes cheveux se dressèrent sur ma tête.

"La Terre est membre probatoire de la Coalition, messieurs. Leur monde est primitif. Les races extraterrestres n'ont pas le droit de se mêler à la population. La Gardienne Egara vous expliquera les précautions à prendre avant votre arrivée.

Axon se tourna vers Zed et moi.

— Très bien, on part tous ensemble. Mais sachez que notre femme sera punie pour avoir osé nous rejeter avant même d'avoir profité du plaisir qu'on allait lui procurer. Elle choisira son partenaire après avoir reçu une bonne raclée.

— Absolument, approuva Zed. Nous la punirons ensemble."

Je regardai les deux autres Vikens. On avait déjà combattu ensemble mais nous devions mener une toute autre bataille. Nous devions nous battre pour notre femme. L'un d'entre nous conquérait son cœur, j'avais bon espoir que ce soit moi. Je mettrais tout en œuvre pour la séduire. Je lui en ferais le serment. Elle tomberait amoureuse de moi. Je lui offrirais le réconfort, la protection et le plaisir comme jamais. C'était à moi de veiller sur elle. C'était à moi de la protéger. C'était à moi de la séduire. *A moi.*

Mais Axon avait raison. On allait lui ficher une sacrée dérouillée avant qu'elle choisisse. Il était tout à fait inacceptable de refuser le mariage. C'était déshonorant. Les combattants de la Coalition combattaient farouchement et longuement dans les guerres contre la Ruche pour gagner le droit de prendre femme. Les femmes qu'on nous envoyait étaient la récompense ultime, un cadeau de Dieu. Nos femmes étaient traitées avec le plus grand respect et les honneurs. Elles étaient vénérées. Adorées. Protégées.

Elle refusait son époux sans respecter le délai de trente jours équivalent à la période de séduction et de mise en confiance ? C'était une insulte pure et simple envers chaque guerrier qui combattait pour que la Terre et la Coalition vivent en paix.

Si elle ne voulait pas devenir une épouse, elle n'avait qu'à pas se porter volontaire. Elle n'aurait pas dû faire le test et accepter le mariage. Si elle comptait le rejeter cruellement, elle n'aurait pas dû faire miroiter à son nouveau mari un éventuel bonheur, la possibilité de fonder une famille, lui redonner espoir en l'avenir.

Moi. *C'est moi qu'elle rejetait.*

Axon avait raison. La douleur se mêlait au rejet. Elle provenait de la Terre, tout comme notre reine. La Reine Leah était une ex-Epouse Interstellaire, elle adorait ses époux, les trois rois. Elle les respectait. Elle aimait Viken et son peuple.

Viken n'était pas la question, le problème résultait du mépris de ma femme pour l'honorable guerrier qui ne voulait que l'aimer. Peu importe celui qu'elle choisirait, notre femme apprendrait à connaître comment ça se passait avec un guerrier Viken.

3

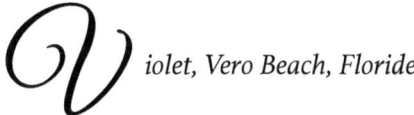iolet, *Vero Beach, Floride*

L'appartement de ma sœur ressemblait à un mausolée sans elle. Sa chambre était *exactement la même*, les murs étaient tapissés d'anime et de posters de K-pop, le lit était recouvert d'une couette léopard et tout un tas de lingerie érotique jonchait le sol, parmi les blouses qu'elle portait au cabinet dentaire. Elles étaient toutes super voyantes, allant du vert pétard au rose indien recouvert de petits canards en caoutchouc ou de fées au sourire étincelant agitant leur petite baguette magique. Si je faisais deux pas de plus, je risquais de trébucher sur les gros sabots qu'elle mettait pour travailler, du courrier à moitié ouvert était éparpillé sur son bureau et jonchait le sol près de la poubelle.

Elle n'avait même pas pris la peine de ramasser son linge sale. Elle adorait la lingerie. Elle portait toujours un soutien-gorge et un slip magnifiques, en dentelle, parfaitement assortis.

Ma chambre, en comparaison, était organisée et rangée. Ma couette était en duvet, vert clair d'un côté et beige de l'autre, ça me rappelait le sable de la plage. Les draps et les oreillers étaient blancs, c'était net et fonctionnel, je pouvais les laver à quatre-ving-dix quand je voulais. Mes chaussures étaient rangées par deux dans des pochettes spécialement conçues suspendues derrière la porte de ma chambre. Mon bureau était en ordre, tout était rangé à sa place dans le tiroir adéquat. Mon stylo et mon crayon préférés étaient alignés côte à côte sur mon bureau. Je faisais ma lessive tous les soirs, ma stupide corbeille était vide.

Sa chambre était dans le même état que si elle était partie faire des courses à l'épicerie du bas de la rue pour revenir dix minutes plus tard.

La mienne semblait inhabitée. C'était démoralisant au possible.

Mindy vivait sa vie, moi ... je l'organisais.

C'était peut-être moi qui étais folle après tout. Quitter cette planète pour épouser un extraterrestre était peut-être la meilleure idée qu'elle ait jamais eue.

J'étais plus que partante à l'idée de la rejoindre. Sauf que je ne pouvais pas. D'après cette Gardienne Egara très collet monté, je n'étais pas compatible avec la planète Trion. Non. J'avais droit à trois hommes et non pas *un*, sur une petite planète dont je n'avais jamais entendu parler. Viken. C'était où d'abord Viken ? Ça ressemblait à quoi ? Ils étaient violets ou bleus avec de grosses cornes qui leur sortaient de la tête ? J'avais fait des recherches sur Google au sujet de Trion. Leurs hommes étaient dominateurs, faisaient la loi au lit—c'était vachement surprenant, ma sœur était plutôt du genre rebelle et impulsive—ils ressemblaient à des dieux grecs dopés aux stéroïdes. Ils avaient l'air sexy en diable sur les photos de la pub. Pas étonnant qu'elle se soit montrée si excitée dans son dernier texto.

Viken, vraiment ? Trois hommes ? Qu'est-ce que c'était q'ce *truc* ? Pire encore, je n'avais pas *la moindre* idée de ce à quoi ils ressemblaient puisque j'avais les yeux bandés dans ce rêve, ce recrutement, peu importe le petit jeu auquel la Gardienne Egara s'était livrée avec moi. Le rêve prenait désormais tout son sens. En quelque sorte. Quelle zone de mon subconscient—je n'en avais jamais pris conscience—désirait *trois* hommes ? J'avais entendu parler des parties à trois. Tout le monde connaissait, n'est-ce pas ? Mais trois mecs ? Avec moi ? Cette partie de l'équation me squattait la tête. Moi. Avec trois mecs. Des Vikens. Des extraterrestres.

Oh merde.

Et après ? Je détestais l'admettre mais j'étais lâche. Je n'oserais jamais les regarder en face. J'avais pas envie qu'ils ressemblent à des dieux grecs gonflés aux stéroïdes —sinon, j'allais me mettre à l'écoute de mon corps, pour savoir si oui ou non je devais accepter le mariage avec ces trois hommes. Et s'ils étaient hideux, avec des cornes ? Ça ruinerait complètement mon fantasme qui tournait en boucle, qui était, je devais bien l'admettre, ce qui m'était arrivé de plus excitant sur le plan sexuel depuis des mois. Mais ce n'était qu'un rêve, ce qui était d'autant plus déprimant.

Je n'étais pas timorée mais j'avais jamais couché avec trois hommes en même temps. J'aimais le sexe. Mon

Dieu, pour être honnête, je dirais que *j'adorais* le sexe. Mais seulement si c'était le top. Tomber sur un homme qui m'aimait assez pour prendre en compte mes *besoins* était ma mission. D'après moi du moins.

Peu importait. Viken n'était pas la planète Trion. Et Mindy était sur Trion. Donc peu importait que mon corps réagisse à chaque fois que je repensais à ce rêve d'accouplement—soit toutes les cinq minutes environ. Le fait que ma chatte soit constamment trempée, me fasse mal au point de devoir me masturber la nuit dernière pour trouver le sommeil ? Sans importance. Le rêve m'avait tourmenté pendant des heures, j'étais entourée par trois amants, si proche de jouir mais jamais satisfaite ? Sans importance.

Je claquai la porte de la chambre de Mindy et me regardai méchamment dans le miroir du couloir. "Ta gueule, Violet. Tu ne vas *pas* sur Viken, point final."

Mon portable sonna dans la poche de mon peignoir. Mindy ? Je le sortis le plus rapidement possible, c'était un sms d'un numéro inconnu. C'était *pas* Mindy. Bien sûr que non. Elle était sur Trion.

Mademoiselle Nichols, c'est la Gardienne Egara. Ne vous alarmez pas mais vos trois époux sont arrivés sur Terre pour vous épouser. Selon les accords légaux en vigueur entre la Terre et la Coalition Interstellaire, ils ont trente jours pour vous courtiser avant que vous puissiez officiellement rejeter cette union. Vous avez accepté, je ne peux rien faire pour vous. Vous aurez bientôt de la compagnie. Trois honorables guerriers, Violet. Ils ne vous feront aucun mal. Je vous donne ma parole.

. . .

OH. MON. DIEU.

Je me regardais, comme une idiote. Je m'étais brossée les dents après le petit-déjeuner et c'était tout. Je portais encore le petit haut rose en dentelle et le pyjashort à fleurs avec lequel je dormais. J'étais pas coiffée, j'avais relevé mes cheveux pour pas qu'ils me tombent dans le cou. J'étais pieds nus sur le sol carrelé, je ne portais rien dessous. Mes ongles de pieds étaient vernis en rose fluo mais j'étais pas maquillée. Aucun bijou. Pas de parfum.

Je ne me montrais jamais dans cet état. Jamais. Je ne sortais pas de chez moi si je n'étais pas impeccable. Jamais.

J'avais l'impression d'être tombée du lit. Par-dessus mon pyjama, j'enfilai un long peignoir en satin noir qui m'arrivait aux chevilles, je déambulais dans la maison comme un vampire.

Car tel était le cas. Depuis une heure. Les stores étaient baissés. Il faisait sombre et froid dans ma caverne ce matin. Boire du café et grignoter des tartines en tournant en rond ne demandaient pas vraiment beaucoup d'efforts—inutile de mettre de belles fringues. Ou des chaussures.

J'inspirai profondément et relus le message, pour m'assurer que j'étais pas en train de devenir folle. Non. Le message était le même. Je lui répondis.

Quand ?

Sa réponse arriva dans la seconde.

Maintenant. Ils ne voulaient pas vous faire peur.

Maintenant ? Elle voulait dire *maintenant,* là, tout de suite ?

C'est une blague ?

Mon cœur se figea devant sa réponse.

Ouvrez la porte, Mademoiselle Nichols.

Pas question. Il était tout à fait impossible que trois extraterrestres bizarres soient devant ma porte. J'étais *peut-être* en train de rêver.

Je posai mon téléphone sur la table de la cuisine en passant et m'approchai de la porte sur la pointe des pieds. Je l'ouvris en grand, sous le choc, j'avais cessé de respirer.

"Merde alors."

Trois armoires à glace se tenaient devant ma porte, on aurait dit qu'ils avaient dévalisé un magasin de souvenirs à bas prix en Floride. Des casquettes de baseball avec des espadons, des chemises à fleurs hawaïennes, des bermudas pastel et même des tongs. Ils étaient ridicules. Il ne leur manquait que l'appareil photo autour du cou et les coups de soleil. Ils s'étaient habillés comme ça pour se fondre dans la masse ? On aurait dit des déguisements pour *humain* quelconque sur la plage, mais eux ? Ils n'avaient rien d'humain, c'était évident, d'après moi du moins. Ils mesuraient au moins deux mètres, étaient taillés comme des piliers de rugby, cent pour cent pur muscle. J'en avais déjà vu à la télé, lors d'une émission sur Viken —la tenue ridicule en moins. *De grands* Vikens. Pas vraiment des demi-portions. Et avec les casquettes ? Des géants extraterrestres cent pour cent muscles.

L'air chaud et humide de l'extérieur me frappa en plein visage, la climatisation de mon salon plaqua ma robe de chambre autour de mes jambes. Je réalisai que je n'avais pas pris le soin de la nouer, je me tenais à moitié nue devant trois extraterrestres. Trois étrangers qui croyaient avoir des droits sur mon corps. Sur ma vie. Sur mon avenir. Sur tout. Mes époux. De Viken. Ici en Floride. Sur le pas de ma porte.

La nervosité et l'anxiété cédèrent la place à une colère sourde.

"Rentrez chez vous les gars. Ch'uis pas d'humeur." Je claquai la porte, ou du moins, j'essayai, mais celui de devant au regard bleu glacier et à la mâchoire si carrée qu'elle aurait pu servir d'équerre à un charpentier, leva sa grosse main et arrêta net la porte.

"Tu es magnifique, Violet. Je suis ton mari, Zed, tu ne vas pas nous empêcher d'entrer après avoir voyagé des milliers d'années-lumière pour te rencontrer. Ce serait déshonorant, et tout à fait inacceptable." Il se penchait et se baissait *beaucoup* pour me regarder, son regard luisait d'un éclat qui ne s'en laissait pas compter, quoique je dise ou fasse.

J'aurais dû être en colère. Mais mes tétons durcirent et ma chatte se contracta en entendant sa voix chaude, son ton coupant. Bon sang.

Il me reluqua, remarqua les changements qui s'opéraient sur mon corps à travers mon petit haut tout fin, je refermai mon peignoir afin qu'il ne remarque rien. Trop tard, à en juger par son sourire satisfait. "Tu es bel et bien à moi."

Je frémis en l'entendant, mes genoux menaçaient de se dérober, je ne pouvais m'empêcher de regarder sa bouche. Pourquoi n'avait-il pas la peau violette, des crocs et de grosses cornes qui lui sortaient de la tête ? Je n'avais rien contre les extraterrestres s'ils ressemblaient à ça mais c'était pas vraiment mon type.

Mais lui ? Eux trois ? Bon sang. J'étais bouleversée. Ils étaient beaux à damner un saint. Encore plus canons que le poster du mec Trion que j'avais vu au centre de recrutement.

En plus, il marquait un point. Ils étaient là. Ils *avaient* fait un très très long chemin. On m'avait appris la politesse. Les laisser entrer ne signifiait pas pour autant que je dirais amen.

La gardienne Egara m'avait promis qu'ils ne me feraient aucun mal. D'après le Programme des Epouses Interstellaires, les guerriers extraterrestres qui se mariaient traitaient leurs femmes comme des princesses ... si j'en croyais la pub. Vu qu'ils ne pouvaient décemment pas me faire quitter la Terre depuis mon salon, je pouvais très bien les laisser débiter ce qu'ils avaient à me dire, leur expliquer l'histoire avec ma sœur et les renvoyer chez eux se choisir une autre épouse. Ou une partenaire. Bref, peu importe.

Il avait raison, je leur devais bien ça.

Je reculai et leur fis signe d'entrer. Ils me dépassèrent l'un après l'autre, mon corps était en alerte maximale, le rêve du centre de recrutement me revenait de plein fouet.

Mon fantasme avait désormais des visages. Des muscles saillants et des regards pénétrants complétaient le tableau. J'allais pas tarder à perdre mon calme. J'étais agitée comme jamais. Encore plus contrariée que lorsque j'avais écouté le stupide message de ma sœur.

Ces extraterrestres étaient là pour moi. C'est moi qu'ils voulaient. Ils voulaient me sauter, me posséder et me ramener sur leur planète. Moi !

J'avalais péniblement. Qu'avais-je donc fait ?

Je refermai la porte et m'appuyai la tête contre la porte l'espace d'une seconde, dans l'espoir que le métal froid arrête le tremblement qui m'ébranlait de la tête aux pieds. Je fermai les yeux et comptai jusqu'à dix en silence afin de me sentir plus forte. J'étais révoltée, j'avais envie de les foutre dehors. Mais mon corps ? Mon dieu, toutes mes tentatives pour garder mon sang-froid se soldaient par un échec. Voilà que je les *sentais*. Une odeur virile et musquée mêlée à une autre infiniment addictive, indéfinissable.

Mon cœur était le facteur décisif, c'était incroyable que cet organe blessé ne se fasse pas tout petit dans ma poitrine et exige que je prenne ce que ces extraterrestres avaient à m'offrir. Une maison. Une famille. L'amour. La protection. Du sexe à couper le souffle, je les supplierais de continuer. Je savais que tout était réel. C'est ce que la gardienne Egara m'avait dit quand j'avais changé d'avis.

"Merde.

— C'est pas beau de jurer quand on est belle." C'était le mec au regard glacial, M. Yeux Bleus. Zed. Je ne savais pas pourquoi mais j'avais l'impression que je devrais m'en méfier. C'était le plus dominateur. Le seul dont la parole faisait loi, sans négociation possible. Les autres n'avaient encore rien dit, ils me dévisageaient comme s'ils voulaient me prendre sur leurs épaules et m'allonger sur la surface horizontale la plus proche.

"Désolée." Dieu du ciel. Je m'excusais de quoi ? Mais c'était vrai. Je ne disais jamais de gros mots. Ma sœur ? Elle jurait comme un charretier, elle parlait en général pour nous deux lorsqu'il fallait ... adopter ce type de langage. Je le comprenais ? Leurs bouches produisaient de drôles de sons, visiblement pas du français, mais je le comprenais à la perfection.

Ma migraine était toujours présente mais s'était désormais déplacée derrière mon oreille, j'étais perplexe.

L'étrange technologie que la grosse aiguille avait enfoncée dans mon crâne me faisait mal. Mais au moins, ça fonctionnait. J'aurais vraiment paniqué s'ils avaient déblatéré un charabia incompréhensible.

Je savais qu'ils me comprendraient à coup sûr si je leur demandais de foutre le camp.

Je me retournai sans pouvoir réprimer un sourire en voyant la scène. Trois immenses extraterrestres, larges d'épaules, semblables à des Vikens en vacances, assis bien sagement sur mon petit canapé IKEA. On aurait dit des adultes assis sur des chaises en plastique adaptées à des gamins de maternelle. Leurs genoux étaient tout recroquevillés. Leurs bras serrés devant eux par manque de place. "Et si l'un d'entre vous s'asseyait sur une chaise ?"

Le fauteuil ne valait pas mieux, aucun de ces trois guerriers n'arriverait à se caler dedans, mais ce serait tout de même plus confortable que la situation dans laquelle ils se trouvaient.

"Non," lâchèrent-ils tous les trois de concert, je pris place en face d'eux. Je tirai mon peignoir sur mes jambes d'un air gêné, essayant de cacher mes cuisses nues.

"Pourquoi ?

— Parce que l'un d'entre nous serait désavantagé sur un plan tactique et gagnerait peut-être tes faveurs. Il me regarda d'un air interrogateur. Je m'appelle Calder. Je suis ton mari," annonça l'homme aux yeux marron, sa voix était grave mais pas aussi tranchante que celle de Zed. Agréable et séduisante. Mon corps réagit comme il l'avait fait plus tôt à l'ordre de Zed, j'avais chaud, je mouillais, je m'agitais.

Arrête de gigoter !

Je n'arrivais pas à m'ôter le rêve du recrutement de la tête. J'arrêtais pas de m'imaginer entre ces trois guerriers. Ces spécimens masculins étaient des plus sérieux. Tous les trois, sans exception.

Je me redressai et croisai les bras sur ma poitrine. "Désavantagé sur un plan tactique ? Vous vous croyez en guerre ?

— Oui. La guerre pour conquérir ton cœur. C'était le troisième homme, il avait un sourire charmant. Je m'appelle Axon. Je vais te procurer un plaisir inimaginable." C'était le moins intimidant des trois, hormis qu'il faisait la même taille. Ses sourcils bruns faisaient ressortir ses yeux verts, le contraste très marqué était des plus intéressants. En un mot comme en cent, il était canon. Un vrai dieu grec. Je l'imaginais en train de me regarder, installé entre mes jambes tandis qu'il me faisait un cunnilingus, en vrai expert.

Dieu du ciel. J'avais un problème ou quoi ? On aurait dit un animal en rut, incapable de dominer mes instincts primaires. Je voulais les voir. Les voir pour de vrai.

"Enlevez vos casquettes," ordonnai-je.

Ils s'exécutèrent et posèrent leurs casquettes sur leurs genoux, le temps que j'examine mes époux Vikens. Le premier, Zed, avait des cheveux blonds, il portait la coupe réglementaire. Il avait des lèvres rose clair pulpeuses, il esquissait un sourire, comme s'il savait exactement ce à quoi je pensais, savait pourquoi je m'agitais. Peut-être. Ses yeux bleu clair étaient de vrais lasers. Si intenses que je ne pouvais les regarder longuement sous peine de devoir me détourner.

Le second, Axon, était un dieu grec. Ses cheveux noirs lui tombaient dans le cou et ombrageaient ses sourcils. La peau mate. Des yeux vert foncé, couleur des pins. Son sourire amical n'avait rien de menaçant. Je l'imaginais facilement en train de siroter une margarita sur la plage. Ou en costume Armani à Los Angeles, au bras d'un top-model ou d'une actrice.

Le troisième ? Calder. J'avais envie de caresser ses cheveux auburn doux et épais. Ils lui tombaient sous les épaules, ils les avaient attachés en catogan avec une sorte d'élastique. Ses lèvres étaient plus fines et son regard différent des autres. Il me regardait comme si je lui appartenais déjà. Comme s'il m'avait déjà embrassé mille fois. Comme s'il était à moi.

Oh putain, j'étais dans la merde grave. Ils étaient grands, dominateurs—ça se voyait comme le nez au milieu de la figure—et ils me voulaient tous les trois pour femme. Moi ! Je m'agitais de plus en plus.

Je m'éclaircis la gorge, me penchai et appuyai mes coudes sur mes cuisses. Concentre-toi. Mindy. Trion. J'avais un plan. Je devais trouver le moyen de me rendre sur Trion et trouver un mari là-bas. C'était si difficile que ça ?

Ces mecs étaient canons. De beaux gosses. Parfaits. Ils n'auraient certainement aucun mal à trouver une femme disposée à ... humm ... oui. Je ne pouvais décemment *pas* aller au bout de ma pensée, étais-je certaine de vouloir laisser ces mecs sexy jeter leur dévolu sur une autre femme ?

Je déglutis et léchai mes lèvres devenues sèches.

"J'apprécie que vous ayez fait ce long voyage pour me rencontrer. Je suis flattée. Vraiment. Mais la gardienne Egara aurait dû vous le dire. Je ne peux pas aller sur Viken. Je suis désolée. Je dois aller sur Trion.

— Pourquoi ? demanda Zed, son regard bleu glacier exigeait la vérité.

Ils m'écoutaient, c'était déjà ça.

— Je dois rejoindre ma sœur. On n'a jamais été séparées depuis notre naissance. Pas un seul jour jusqu'à aujourd'hui, elle s'est portée volontaire voilà deux mois et est partie. Je vais là où elle va. Je dois la retrouver et m'assurer qu'elle va bien. Je dois me rendre sur Trion pour être avec elle, je n'irai pas sur Viken. Je suis désolée."

Voilà. C'était fait. Je leur avais dit la vérité. Ils allaient partir. Etrangement, ça me décevait, mais je ferais avec.

Je me levai, me dirigeai vers la porte et mis la main sur la poignée, j'étais prête à prendre congé. Ils emporteraient leurs tenues ridicules sur Viken en guise de souvenir de leur visite.

Calder se leva, attrapa le devant de sa chemise et tira dessus, les boutons volèrent, rebondirent contre le mur et le sol carrelé, il fit glisser le tissu de ses épaules et jeta sa chemise au sol d'une main.

Je m'arrêtai de respirer. Bon sang de bonsoir. Des muscles. Des cicatrices. Un homme. Il était magnifique sans sa chemise ridicule. Je n'avais jamais vu de touriste pareil.

"Je suis Calder, ton mari. Je te donne ma parole que je t'emmènerai sur Trion retrouver ta sœur dès que tu m'auras choisi et que le mariage sera effectif." Il m'en faisait le serment sans hésiter, je le savais sincère.

Ma main retomba devant mon peignoir, je fis un pas dans sa direction. Il était prêt à m'amener sur Trion ? Je ne le connaissais pas, je ne savais rien de lui, mais la gardienne Egara avait dit que notre compatibilité était de quatre-vingt-dix-sept pour cent. C'était vachement élevé, ça valait la peine de courir le risque s'il m'amenait chez ma sœur.

"Je—"

Je n'eus pas le temps de terminer ma phrase, Zed et Axon se levèrent à leur tour, arrachèrent leurs ridicules chemises hawaïennes, leurs boutons volèrent à leur tour dans toutes les directions. S'ils avaient fait ça au bord de la piscine de ma résidence, les gens seraient tombés à l'eau. Je les voyais, *enfin*, nus. Sans artifices, ils n'avaient rien à cacher.

Impossible de réfléchir une fois leurs chemises ôtées. Trois mecs torrides se tenaient devant moi, à moitié nus, leurs regards sentaient le sexe à nez, toute parole était superflue. C'était impressionnant, cernée par ses trois hommes, je ne songeais qu'à jouir, qu'au sexe. Leurs bermudas pastel leur arrivaient au-dessus du genou, je ne saurais dire leur couleur exacte, toute préoccupée que j'étais par leurs énormes verges protubérantes sous le coton. Epaisses et longues, de vrais tuyaux. Oh. Mon. Dieu. Les extraterrestres étaient très bien montés. Ils arrivaient à marcher avec des machins pareils ? Restait une question de taille—tout mauvais jeu de mots mis à part—... arriveraient-ils à me pénétrer ?

Je gigotais, mes cuisses étaient trempées, mon pyjashort était foutu, ma vulve était plus que partante pour essayer.

J'en avais envie. D'eux. De leurs bites. De ces trois gros, longs, épais membres virils extraterrestres. Ma chatte m'exhortait à me déshabiller et m'allonger à même le sol, pour leur laisser faire ce qu'ils voudraient de moi. Mon corps voulait vivre ce rêve, la promesse de ce plaisir qu'on m'avait fait miroiter, allongée dans le fauteuil de recrutement. Je n'avais jamais songé à faire ça avec trois amants. Et maintenant ? Je ne pensais qu'à ça, surtout en les voyant devant moi, s'offrant à moi en silence.

Je restais scotchée lorsque Zed et Axon prêtèrent serment à leur tour. J'étais stupéfaite. Perplexe. Mais que se passait-il ? Pourquoi me demandaient-ils de *choisir* l'un d'entre eux ? Ils ne m'étaient donc pas destinés tous les trois ? Trois époux. C'était pourtant bien ce que la gardienne Egara m'avait dit. Trois maris. Et pas *un sur trois*. Parce que franchement, qui serait en mesure de choisir ? Ce serait une punition cruelle et inhabituelle pour une femme. Trois immenses guerriers à moitié nus m'offraient leurs faveurs, tous plus sexy les uns que les autres, et ils me demandaient de choisir ?

C'était injuste.

"Que voulez-vous dire par 'si c'est moi que tu choisis' ? La gardienne Egara m'a dit que vous m'apparteniez tous les trois."

Ils me regardèrent et échangèrent un bref regard, ils essayaient de comprendre la situation.

Les yeux bleus de Zed brillaient de désir. Du désir à l'état pur.

Axon avait l'air intrigué, comme surpris, il fronçait les sourcils.

Et Calder ? Il plissa ses yeux noirs, comme s'il était en colère, sa peau claire rougit légèrement. Il rougissait comme une pivoine, dévoilant ses émotions.

Ils restèrent silencieux.

Je me posai les mains sur les hanches. "J'aimerais qu'on m'explique. J'ai appris que j'étais compatible avec *trois époux* Vikens. Si j'accepte de vous suivre, et étant donné qu'on m'a attribué *trois époux*, le problème du choix ne se pose pas. Je ne vous connais même pas. Je suis censée choisir l'un d'entre vous ? La compatibilité est bien de quatre-vingt-dix-sept pour cent ? Je présume que ce pourcentage vaut pour trois grands extraterrestres."

Je n'avais aucun *besoin* de trois hommes, mais comment choisir ? Me demander de choisir alors que je les connaissais depuis cinq minutes à peine me semblait injuste. Je n'avais peut-être pas *besoin* d'eux—trois mecs, ça me semblait excessif—mais mon corps les *réclamait*. Tous les trois. Comme dans mon rêve. Maintenant, en réalité.

Calder se racla la gorge. "Epouser un trio est la nouvelle loi en vigueur sur Viken. Nous n'avons pas passé le test dans l'intention de suivre la coutume. Nous préfèrerions— il rougit violemment.

Axon termina sa phrase.

— Ils n'ont pas envie de partager.

Je le dévisageai.

— Pourquoi, vous oui ?

Il haussa les épaules, jouant de son regard de playboy.

—Tu es magnifique, Violet." L'inertie qui nous paralysait se rompit, il avança lentement vers moi, comme s'il craignait que je m'échappe. Il s'approcha très près, je dus lever la tête en arrière ... très en arrière, pour le regarder. Il caressa mes cheveux et défit mon chignon sur la nuque, il démêla mes longs cheveux, les laissa retomber sur mes épaules. "Tes cheveux sont noirs comme de la soie. Il effleura l'ovale de mon visage. Ta peau est aussi douce que des pétales." Il se pencha et soupira profondément. Tu sens bon et"—il effleura mon oreille, ses paroles enflammées me donnaient le frisson

—et tu mouilles en beauté, ma femme. Tu es prête à accueillir ma bite.

Les deux autres avancèrent à leur tour sur cette bonne parole, mais Axon tendit la main afin de les mettre en garde.

— C'est ma femme. Nous avons conclu un accord."

Zed et Calder stoppèrent net, mais le regard de Zed me donnait chaud, il épiait les moindres gestes d'Axon. Il me regardait, et pour une raison qui m'excitait, voulait que je l'aguiche, que je le pousse à bout. Que je le pousse à changer d'avis concernant le partage ... je commençais à me faire à l'idée de posséder ces trois extraterrestres.

Calder serrait et desserrait les poings, comme s'il voulait frapper le guerrier qui me touchait.

Mes tétons durcirent devant sa possessivité. Je me sentais ... aimée, désirée. Belle. Ils ne ressemblaient à aucun terrien, dont les invitations à dîner et au cinéma n'étaient qu'un prétexte pour coucher avec moi. Ils voulaient coucher avec moi, ça ne faisait aucun doute. Sauf qu'ils avaient envie de moi. A en mourir. Ils avaient fait tout ce chemin depuis Viken pour moi. Ils avaient une envie folle de *moi*.

Je savais foutre pas ce qui se passait ou quoi faire, mais Axon avait raison. Mon corps était prêt à l'accueillir. A les accueillir. J'avais passé deux mois merdiques depuis le départ de ma sœur, je perdais mon self-control. *Pourquoi* ne devrais-je en choisir qu'un ? Puisque j'en avais trois. La Gardienne Egara me l'avait confirmé par texto. Ce n'étaient pas des raclures de terriens. Ils avaient des coutumes différentes, des manières différentes, ils allaient me prendre en sandwich ... du moins, je l'espérais.

Je devais accepter ce qu'ils avaient à m'offrir au nom de toutes les Terriennes. Je le *méritais*.

Je me retournai par conséquent, me hissai sur la pointe des pieds et passai mes bras autour de son cou. J'enfouis mes doigts dans ses cheveux et l'attirai contre moi pour l'embrasser.

4

Axon, appartement de Violet, Vero Beach, Floride, Terre

Dieu qu'elle était douce. Et sauvage. Elle mesurait trente centimètres de moins que moi et me grimpait dessus comme un singe du désert Viken. Ses jambes autour de ma taille, ses chevilles verrouillées sur mes fesses, je dévorai sa bouche et découvris sa langue. Elle fourra ses doigts dans mes cheveux et me les tira, l'infime douleur descendit droit dans ma verge, provoquant une méga-érection douloureuse sous ce short étrange.

Elle recula une seconde et me regarda droit dans les yeux. Les siens étaient marron foncé, presque noirs, j'y lisais du désir, une pointe de surprise et une légère crainte. Elle avait le visage rond et des pommettes hautes. Une peau claire, un menton pointu. Ses lèvres m'attiraient. Je savais l'effet que ça ferait sur les miennes.

Pulpeuses et rebondies, j'avais hâte de les sentir sur ma bite.

Notre femme ne chevauchait pas ses époux habituellement. Je n'avais aucune preuve, *je le savais* au fond de moi. Elle se comportait comme une nouvelle épouse Viken sous l'influence du fameux pouvoir du sperme. Audacieuse, désinhibée, avide.

Ça me convenait parfaitement.

"Encore," souffla-t-elle contre ma bouche, avant de m'embrasser de nouveau.

Je poussai un gémissement, mes mains sur son dos descendirent sur ses fesses, que j'empoignai à pleines mains. Elle était toute petite, mais douce et bien en chair. Avec un corps parfait que je pouvais tenir sans peur de la blesser ou lui faire mal. Elle supporterait mon agressivité, ma bite. Je le savais, rien qu'en l'embrassant.

Elle avait le goût d'un délicieux vin Viken. D'un dessert. Une odeur florale ou fruitée emplissait mes narines quand je la humais. Mon cerveau était aux abonnés absents, ma bite avait pris le dessus, je me demandais quel goût elle avait, si elle sentait partout pareil. Je me retournai, me dirigeai vers le petit canapé sur lequel on s'était assis précédemment, je me baissai afin qu'elle s'asseye, je me retrouvai agenouillé devant elle. Les grandes dalles de carrelage étaient froides sous mes genoux nus.

La Terre avait un climat inhabituel. Chaud et humide. Humide, avait dit la gardienne Egara, on aurait dit qu'on m'avait jeté une serviette trempée dessus. Mais il faisait froid dans l'appartement de Violet, pas du tout humide. Semblable à l'environnement contrôlé qui régnait à bord du cuirassé.

J'ouvris grand ses cuisses, glissai mes mains entre ses chevilles et les écartai, je sentais sa chaleur. Elle n'était pas froide du tout. Elle était brûlante. Pour moi.

Je savais que Zed et Calder étaient derrière moi, ils n'avaient d'yeux que pour Violet. Calder, du Secteur Un, aimait se montrer en public avec sa femme, mais je n'étais pas jaloux. Pas pour le moment. C'est moi qui allais retirer son petit short et mater sa chatte. C'est moi qu'elle regarderait en train de lécher son nectar, en train de la goûter. Elle se cambrerait et hurlerait de plaisir.

Grâce à moi.

Elle fourra sa main dans mes cheveux et m'attira vers elle. Elle en avait envie. Elle avait envie de moi. Le tissu de son short—était du même style que les tenues terriennes que la gardienne Egara avait fait acheter par une jeune standardiste pour qu'on se fonde dans la masse, mais celui de Violet était tout petit, extrêmement doux et très mouillé de par son excitation. Ce bout de tissu m'énervait, il m'empêchait de voir sa chatte entièrement. Je passai mes doigts entre l'élastique bizarrement très lâche, levai la tête afin de le baisser sur ses hanches. Elle m'aida heureusement à s'en défaire, le short finit en tas par terre, elle se rassit exactement dans la même position— je replongeai entre ses cuisses potelées. Ses yeux sombres étaient mi-clos, ses lèvres, entrouvertes, ses tétons pointaient à travers son petit haut tout fin. Ma femme était réceptive.

"Tu as un goût délicieux sur ma langue. Je n'ai jamais rien goûté d'aussi bon. J'ai envie de continuer. J'empoignai ses fesses, je l'attirai vers moi, je donnai un long coup de langue de ses fesses jusqu'à son clitoris. Dis-moi femme, t'as déjà baisé ?"

Elle hocha la tête en se mordant la lèvre.

Je répétai le même mouvement, je la voyais fermer les yeux, elle ondulait des hanches.

Sa réponse importait peu, j'étais plus que déterminé à lui procurer du plaisir. Elle avait eu une vie avant cette union, et sa vie passée avait débouché sur cette situation. Qu'elle soit vierge ou pas ne faisait aucune différence puisque son passé faisait d'elle la personne qu'elle était, je la trouvais parfaite.

Mais je savais autre chose ...

"Ton précédent mec devait être un piètre amant, il devrait être en train de te bouffer la chatte à l'heure qu'il est. J'effleurai son clitoris du bout du nez. Elle poussa un cri. Crois-moi, femme, je vais te procurer tant de plaisir que tu n'auras plus envie d'aller voir ailleurs.

— Pas plus loin que les époux dans ta chambre, dit Calder, sur ma droite. Regarde-toi, jambes grandes ouvertes, ivre de désir."

Je m'attendais à ce qu'il m'attrape par les épaules et fasse en sorte que je m'éloigne de la chatte de notre femme mais il n'en fit rien. Il s'affala sur le canapé à côté d'elle. Pas vraiment décidé à partager, je baissai la tête, mon seul et unique objectif étant de la faire jouir. Je tournai ma main et glissai un doigt dans sa vulve, elle dégoulinait, toute glissante et étroite. Elle poussa un cri et affermit sa prise sur mes cheveux.

Calder prit la parole tandis que je la branlais :

"T'es pas au courant mais Axon est originaire du Secteur Trois, spécialisé dans le broute-minou.

Je levais suffisamment la tête pour ajouter :

— Je pourrais rester des heures entre tes cuisses." Je souriais, j'étais sûr qu'elle devait voir sa chatte dégouliner sur ma bouche et mon menton. Je me léchai les lèvres pour lui montrer combien j'adorais ça.

Elle se tortilla tandis que je recourbais mon doigt sur la petite zone spongieuse dans son vagin, elle gémit, elle m'enserra entre ses cuisses et hurla son plaisir.

"Tu sais pourquoi je bande ? demanda Calder, bien que la réponse soit évidente puisqu'elle était à deux doigts de jouir. Parce que les membres du Secteur Un sont des voyeurs. J'aime te voir te tortiller en tous sens et supplier Axon d'enfoncer d'autres doigts dans ta jolie petite chatte. Ce sera bientôt mon tour, je montrerai à Axon et Zed ce dont je suis capable, tu vas t'empaler sur ma bite en beauté, je vais dilater ton cul, te sodomiser à fond."

Les parois de son vagin se contractèrent. C'était obscène, tout à fait du style du Secteur Un. Zed s'assit à côté de notre femme. Je levai les yeux sans arrêter toutefois de la besogner, il se pencha vers elle et chuchota à son oreille. "J'aime dominer, Violet. Tu vas me supplier et te laisser aller. Je vais te faire jouir à un point que t'arrives même pas à imaginer. Tu es ma femme, ton corps est mon temple, je vais te vénérer sous toutes les coutures. Ton plaisir est le mien. Jouis maintenant. Jouis sur le visage d'Axon sinon je lui demande d'arrêter et je te donne la fessée pour avoir osé nous rejeter."

Violet se cambra et jouit en éjaculant. Les parois de son vagin se contractèrent sur mon doigt tandis que je continuais de branler son clitoris, ce petit bouton durci était à l'origine de son plaisir.

Je souris contre sa peau douce, tout content de lui donner autant de plaisir. Je m'arrêtai lorsqu'elle retira sa main de mes cheveux.

"Continue," dit-elle, en se tournant du mieux qu'elle pouvait, j'étais entre ses jambes, elle tirait sur la ceinture du short de Zed.

J'empoignai ses fesses pour qu'elle arrête de bouger.

"A moi," grondai-je, ma bite laissait échapper sa semence dans ce maudit short. J'avais envie de cette chatte. Maintenant. Et j'avais pas envie de partager.

Zed l'immobilisait. Leurs regards se croisèrent.

"T'es une gloutonne toi ?

Elle ronronnait et sourit, de l'air d'une femme comblée. Soumise.

—Avec vous trois ? Oh oui alors."

Je butinais sa chatte, je respirais son odeur en la regardant. Ainsi que Zed. Calder était calme, il caressait son bras nu presque respectueusement.

"C'est pas toi qui commande, femme. Zed tourna la tête vers moi. Axon te baise avec sa bouche, mais tu jouis grâce à ce que je te dis. Tu es à mes ordres. Il leva la main et toucha son menton. Tu mériterais une bonne fessée pour nous avoir rejetés. Pour t'avoir privé de ça. Pour nous avoir privé de ça."

Elle baissa les yeux alors qu'il la tenait fermement par le menton. Si soumise. Comme le souhaitait Zed. La voir si réactive m'excitait, il la touchait à peine du bout de la langue, mon sperme collait sur ma main.

"Femme, lâcha Zed.

Elle le regarda.

— J'aime mieux ça. Tu mériterais qu'on te donne la fessée, jusqu'à ce que tu aies le cul tout rouge. T'es une vilaine, car tu nous as rejetés et tu n'as pas voulu venir sur Viken.

Elle se mordit la lèvre et gémit.

Zed dit, sans me regarder :
— Sa chatte dégouline à cause de ce que j'ai dit ?
— Elle est trempée, lui dis-je.
— C'est bien ce que je pensais. Notre femme a envie d'une bonne fessée. Hmm, il réfléchissait. C'est peut-être pas une punition après tout. La priver d'orgasme serait peut-être une meilleure solution, histoire de lui rappeler qui commande ici.

Elle ouvrit les yeux grands comme des soucoupes.
— Quoi ? Non !
— Que veux-tu, femme ? demanda-t-il.
— Continue," répondit-elle sur le champ, sa main glissa dans le short de Zed, je vis sa petite main empoigner sa bite.

Mes doigts se refermaient sur ses fesses, j'étais furax de la voir agripper la bite de Zed alors que c'était moi qui lui procurais un orgasme.

Sans se lever, Zed défit son short et le descendit afin de libérer sa bite.

"Tu veux ma bite ? demanda-t-il.
— Y'a trois extraterrestres canons dans mon salon ? J'ai envie de vous trois.

Zed gémit et dit,
—Remercie Axon de t'avoir bouffé la chatte.
— Merci."

Il lâcha son menton et posa sa main sur sa bite, la guida sur son membre afin qu'elle comprenne comment il aimait qu'on le branle.

Ses yeux sombres croisèrent les miens.

Par tous les dieux, elle était magnifique. L'orgasme avait teinté ses joues de rose, l'excitation se lisait dans son regard, ses lèvres charnues étaient gonflées. Un seul orgasme ne lui suffisait pas. Elle en redemandait.

"Oh mon dieu," dit-elle, en fermant les yeux, elle appuya sa tête contre le canapé, comme une droguée.

C'était le cas. Le sperme de Zed avait dû couler sur sa main et pénétrer son épiderme. Le premier contact avec le sperme était souvent dévastateur.

Sur ce, je recourbai mes doigts toujours enfoncés dans sa chatte. Une fois, deux, fois, elle jouit.

Calder en profita pour soulever son tee-shirt et dénuder ses seins. Il en prit un, le soupesa, pinça le téton tandis que Zed s'occupait de l'autre.

Ses fluides coulaient sur ma main tandis qu'elle jouissait de nouveau. Pour nous. Je détestais la partager mais la voir comme ça, grâce à *nous*, était une belle victoire.

Violet

J'ignorais qu'il était possible de mourir suite à un orgasme. Le plaisir était trop puissant. J'avais failli m'évanouir en les sentant tous les trois sur moi. La bouche d'Axon était une arme fatale. Il avait trouvé mon poing G d'un coup d'un seul, un vrai GPS. Je lui avais sauté dessus comme une catin, je m'étais quasiment accroché à sa taille, je l'avais embrassé comme un marin sur le départ. C'était pas du tout, *mais alors pas du tout*, dans mes habitudes.

La preuve. Le sort en avait décidé autrement. Surtout

depuis qu'il avait baissé mon short, découvrant ma chatte et m'avait branlée jusqu'à ce que je jouisse. Calder parlait en regardant la scène ... j'étais une exhibitionniste ? En présence de ces trois amants extraterrestres, la réponse était vraiment oui. Je me fichais que Zed et Calder m'aient regardée pendant que je chevauchais quasiment le visage d'Axon. Lorsque Calder m'avait parlé crûment, en détaillant leurs différentes exigences, j'avais mouillé encore plus. Plus je mouillais, plus Zed se montrait autoritaire et dominateur.

Une fessée ? Oui, avec plaisir !

J'eus soudain l'impression d'être sous l'emprise d'une drogue dure. Le plaisir qui me submergeait ne ressemblait à rien de connu. Ma peau picotait. Ma chatte me faisait mal, je dégoulinais carrément. Mon clitoris palpitait. Même mon cul, qui n'avait jamais connu la sodomie, se contractait sur du vide. Mes tétons avaient durci au point de devenir douloureux, je faillis m'évanouir lorsqu'Axon toucha ou appuya comme par magie sur mon point G. Mes muscles se contractèrent, j'avais le souffle coupé, j'avais hurlé.

J'avais finalement réussi à reprendre mon souffle à grand peine.

Le désir me submergeait. Un désir si violent que j'aurais presque pu le toucher du doigt. Comme si j'étais en chaleur.

"Je. Suis. En. Chaleur ?" demandai-je en souriant. J'ouvris les yeux, il me dévorait tous les trois des yeux. Axon retira son doigt de ma vulve, le porta à sa bouche et le lécha.

"Voilà ce que tes partenaires peuvent t'apporter, grommela Zed. Je tenais toujours fermement sa queue mais j'avais complètement oublié de le branler tandis que je jouissais. Tu veux qu'on continue ?

Je me léchai les lèvres et acquiesçai.

— Alors chevauche-moi."

Je regardais la bite chaude et dure comme une trique dans ma main. Mes doigts n'en faisaient même pas le tour, une veine saillante palpitait tandis que je le branlais. Je titillai son gland dilaté, humectai mes lèvres, je me demandais quel goût il avait.

"C'est moi qui décide où je trempe ma bite, je veux aller dans ta chatte."

Je jetai un coup d'œil à Zed. Il était calme mais sa mâchoire carrée se contractait. Ses joues étaient rouges ; je savais qu'il se retenait. Ce n'est pas ce que je voulais. Je voulais être dominée, sentir cette intensité sur moi ... tout en le chevauchant. Je n'allais pas me faire prier vu la superbe bite que j'avais en main.

Je me redressai, mon haut de pyjama me gênait, je le retirai et le jetai ... je ne sais où. Je m'en fichais. Je m'installai à califourchon sur la taille de Zed et ondulai des hanches pour être dans l'axe. Il posa ses mains sur mes hanches et m'empala sur son membre. Je mouillais tant qu'il entra d'un coup d'un seul.

Je poussai un cri, m'agitai tandis que nos cuisses se touchaient. Il était énorme, je me contractai, mon vagin s'ajusta à son membre, il me ... dilatait. Me bourrait.

Il ouvrit grand les yeux.

Je fermai les miens. Et toujours cette sensation de chaleur, cette explosion de désir. Je me mis à onduler. J'ouvris les yeux, je posai mes mains sur ses épaules, me relevai et m'empalai sur sa verge. Je le baisais. Ça ne me suffisait pas. Je contemplai son beau visage, je réalisai que j'étais sa femme ... qu'il était à moi, que je chevauchais sa bite. Je me penchai et l'embrassai, nos langues imitaient les mouvements de son sexe.

J'étais peut-être dessus mais il imposait un rythme rapide, me soulevant et m'abaissant à sa guise, en m'empoignant les hanches. Doucement. Brutalement. Profondément. Mes seins rebondissaient, ballottaient.

"Regarde-la. Elle est vraiment parfaite, dit Calder.

— Je sais. Et tu l'as pas encore goûtée."

J'entendis quelqu'un bouger mais j'étais trop absorbée pour m'en préoccuper. Jusqu'à ce que je sente un doigt sur mon anus.

J'ouvris les yeux, poussai en cri et m'arrêtai d'embrasser Zed. Calder se tenait derrière moi. Il avait posé un genou sur le lit à côté de ma cheville et sa main ... était là. Son doigt m'excitait, il faisait des cercles autour de mon orifice vierge. Je me contractai et Zed grogna.

"Elle est à moi, dit Zed. Je sais pas ce que t'as fait, Calder, mais recommence.

Calder se mit à rire.

— Avec plaisir, cet orifice est chasse gardée. T'as déjà été sodomisée ?"

Il faisait des cercles autour de mon orifice, appuyait dessus, essayait de franchir ma résistance.

Je secouai la tête, mes cheveux retombèrent sur mes épaules dénudées.

Il embrassa doucement mon épaule. Il sortit sa langue, goûta ma peau échauffée.

"Tu as très bon goût, murmura Calder.

— Sa chatte a un goût divin, ajouta Axon."

Zed prit mon menton dans sa main et fit pivoter mon visage.

— Tu vas me regarder pendant que Calder te sodomisera. Je veux te voir jouir."

Il me soulevait et m'abaissait à un rythme continu, pendant que Calder pressait doucement et s'introduisit dans mon anus. C'était trop bon, trop torride, trop ... tout, et pas assez.

Je secouai la tête, ma frustration allait crescendo.

— Je peux pas ... J'ai besoin ...

— De quoi ? demanda Zed, le souffle court.

— J'arrive pas à jouir si on branle pas mon clitoris.

Zed souffla et Calder éclata de rire.

— Femme. Je te jure que tu n'en auras pas besoin maintenant, répondit-il les mâchoires serrées.

Il m'empoigna les hanches à pleines mains et me pilonna une fois, deux fois et resta profondément enfoncé en moi. Je sentis son membre grossir, son sperme chaud et épais gicler. Son gémissement ébranla les murs tandis qu'il jouissait. *Quelque chose* se produisit, submergeant mon corps tel un feu de brousse, qui prendrait racine dans ma chatte et ravagerait mon corps. L'excitation. L'envie. Le désir. Je n'étais plus moi-même, je lui appartenais. *Il m'appartenait*. Ma chatte béante l'enserrait. Le possédait. Entièrement.

J'explosai quelques secondes après lui. Sans qu'il ait eu besoin de branler mon clitoris. La sueur perlait sur ma peau tandis que je m'adonnais au plaisir. Le doigt de Calder s'enfonça plus profondément, il le retira, me baisa avec, réveillant des terminaisons nerveuses dont je n'avais jamais entendu parler. Je n'avais jamais rien ressenti de pareil en jouissant, cette *sensation* bien précise pendant que je masturbais mon clitoris, ou lorsqu'Axon me faisait un cunnilingus.

"Oh mon dieu, je gémis et plantai mes ongles dans les épaules de Zed. Encore. C'est trop bon. Continue."

C'était le bonheur à l'état pur, on s'emboîtait l'un dans l'autre. Nos corps bougeaient en rythme tandis que je succombais. Ils faisaient de moi ce qu'ils voulaient, peu importe qui s'en chargeait. Je m'en fichais du moment que c'était avec eux. C'était comme dans le rêve, mais en mieux.

Bien mieux.

"On n'a pas terminé femme," dit Calder en montant sur moi. J'étais allongée sur le canapé, Calder se mit à genoux et prit appui sur ses avant-bras, son autre jambe touchait le sol.

Il me pénétra sans préliminaires. Bon sang, la bouche d'Axon et la bite de Zed lui avaient facilité le travail. J'étais toute glissante et dégoulinante de sperme, Calder entra comme dans du beurre. Il m'embrassa tendrement et doucement en me baisant.

J'enroulai mes jambes autour de sa taille pour être le plus proche possible de lui, je plantai mes talons dans ses fesses, l'encourageant à me baiser plus rapidement. Encore. J'avais encore envie.

"Doucement femme. Zed va te baiser sauvagement et te dominer mais j'ai envie de savourer ta chatte ... pour la première fois. Tu es tout excitée, notre sperme coule dans tes veines mais tu n'es pas encore prête pour la sodomie. Ça viendra.

Il me tringlait doucement, lentement, ses couilles battaient contre mes fesses, ça me rappelait ses doigts tout à l'heure.

— Je vais te préparer soigneusement, je te sodomiserai uniquement lorsque tu me supplieras."

Je contemplais ses yeux sombres. Il disait vrai. Il voulait me sodomiser et y parviendrait. Je gémis en pensant à cela, non pas de peur, mais parce que j'en avais envie. J'avais envie de tout un tas de trucs, peu importe que ce soit obscène, débridé, sauvage.

Comme si baiser avec trois hommes ne suffisait pas ?

Calder se pencha et prit mon téton dans sa bouche, je savais déjà que sa réponse était négative.

"Ne l'épuise pas," dit Axon. J'ouvris les yeux, il était planté devant le canapé. Il avait ôté les vêtements terriens qu'il portait à son arrivée, il était nu, sa bite à la main. Il se masturbait, une perle de sperme coula de son gland et glissa sur ses doigts.

Je me léchai les lèvres, j'avais envie de savourer cette goutte de semence.

Calder me posa la main sur la nuque, je le regardai.

"A moi, femme. C'est moi que tu vas regarder pendant que je te baise, je veux te faire hurler."

Il recula et me pénétra profondément. Nos corps se touchaient, glissants de sueur. L'air était lourd de cette odeur de sexe. Le sentir peser de tout son poids sur moi était ... le paradis. Je me sentais féminine et petite, protégée. S'il lui arrivait quoi que ce soit, les deux autres immenses extraterrestres veilleraient sur moi.

Je n'osais pas regarder ailleurs. Zed était dominateur, Axon semblait plus joueur, Calder était sérieux.

Il me baisait différemment de Zed, il était doué, mais à sa manière. Je n'allais pas tarder à jouir. J'avais eu tellement d'orgasmes que je ne me sentais pas capable d'en avoir un autre et pourtant. Le plaisir me parcourut sans prévenir, explosant à chaque giclée de sperme. Ensemble. Il m'embrassa, avala mes cris, m'enveloppa.

Il ôta mes cheveux humides de mon visage en souriant.

"Tu es comme dans mes rêves."

Il se retira, un torrent de sperme dégoulina. J'avais mal partout, mais ce n'était pas encore terminé. J'en avais encore envie. Je frémissais de désir. Il se leva, je vis Axon. Son sexe en érection était violacé, son sperme coulait à flot de son gland. Ses couilles étaient gonflées de désir, prêtes à éclater.

Je me léchai les lèvres. Oui. Voilà ce dont j'avais envie. Maintenant. Je m'agenouillai par terre devant lui. Il était si grand que sa bite m'arrivait pile à la bonne hauteur. Ni une ni deux, je me mis à quatre pattes et léchai la semence qui coulait de son gland. Son goût piquant me brûla la langue, je gémis de plaisir en l'avalant. Un goût fort et chaud. Son sperme gicla, j'en avais plein la bouche. Je m'assis sur mes talons et le léchai.

"Tu veux ma bite, femme ? demanda Axon. Il était immobile, bien campé sur ses pieds écartés. Je le regardais les yeux mi-clos, j'admirais son physique parfait. Bien musclé et parfaitement proportionné. Si grand. Partout.

— Oui.

— T'aimes bien baiser avec nous trois, hein ?" demanda-t-il, surpris que je les trouve aussi bandants. Il avait un air interrogateur, comme s'il ne comprenait pas pourquoi. Je me tortillai, prête à jouir. Mon vagin était vide et j'étais en manque. C'était incompréhensible, j'étais insatiable.

"T'as ta bite en plein devant ma figure et tu veux faire la conversation ? demandai-je. Viens. Donne-moi ce dont j'ai envie.

Il contracta ses mâchoires.

— Elle sera punie pour son effronterie," dit Zed.

Axon me regarda et hocha la tête. Une claque retentit sur mes fesses, je poussai un gémissement. La sensation cuisante m'excitait d'autant plus. Le sperme de Zed et de Calder coulait entre mes jambes, savoir qu'ils m'appartenaient tous les deux me rendait dingue. Courageuse. Téméraire.

Je ne m'étais jamais sentie aussi puissante ou sexy de toute ma vie. J'enroulai ma main sur la bite d'Axon, je l'aurais bien supplié mais ce n'était pas nécessaire. Ça allait l'exciter. Le rendre heureux. Je voulais qu'il se laisser aller dans ma bouche comme l'avaient fait les deux autres.

"S'il te plaît, Axon. Donne-la moi. J'en ai envie. J'ai envie de t'avaler, de te sucer, de te faire jouir.

Il gémit, fourra sa main dans mes cheveux et fit pivoter mon visage.

— Je ne suis pas dominateur comme Zed, femme, mais je te trouve sacrément culottée. Je t'ai posé une question.

Je n'osais pas lever les yeux au ciel suite aux paroles d'Axon. Il m'avait demandé quoi déjà ? Réfléchis !

— Oui, j'aime quand vous me baisez tous les trois, avouai-je. Certaines femmes n'apprécient pas ?

— Ta sœur, par exemple. Tu as dit qu'elle était sur Trion. Je te garantis que son mari ne laissera personne la regarder. Elle portera des bagues et des chaînes de téton pour prouver qu'elle lui appartient bien, à lui et à lui seul.

— Des chaînes ? demandai-je. Mindy est enchaînée ?

— Il ne s'agit pas de chaînes à proprement parler, femme, dit Zed. Ils offrent des bijoux à leurs épouses. De fines chaînes en or et pierres précieuses en témoignage de la valeur qu'ils accordent à leurs femmes. Elle aime les bijoux, et toi t'aime être attachée.

— Alors, qu'est-ce que tu préfères, Violet de la Terre ? demanda Axon.

J'avalai péniblement, je fixai sa verge en pensant à Zed et Calder.

— J'ai pas envie de choisir. Je vous veux tous les trois.
— Tu veux me sucer ?
— Oui."

Il avança et me présenta sa bite. J'ouvris grand la bouche, je le léchai, le suçai, le branlai, mes mains descendaient sur ses cuisses musclées.

"Et quoi d'autre ? demanda-t-il en reculant, il se glissa dans ma bouche, il la baisait. Que Zed s'amuse avec ta chatte ?"

Je gémis, Zed s'exécuta, il s'agenouilla devant moi, sa main descendit sur mon ventre et se lova entre mes cuisses. Je me cambrai en sentant ses doigts me pénétrer profondément.

"Tu veux que Calder te sodomise ?"

Je regardais Axon me contempler, la bite enfoncée jusqu'à la garde. Zed doigtait ma chatte, Calder restait immobile.

Mon vagin se contracta sur les doigts de Zed en songeant à la sodomie. Il poussa un gémissement et s'adressa à Calder. "Son vagin enserre mes doigts comme dans un étau quand il parle de sodomie. Vas-y, Calder. Fais-le pour elle. On s'occupera du reste plus tard. Ne lui refuse pas ce plaisir avant notre union."

Je gémis de nouveau tandis que Calder se plaçait derrière moi, il déposait de tendres baisers sur mon épaule et mon dos, j'en avais les larmes aux yeux. Il n'en avait pas envie, il ne voulait pas partager, il faisait ça pour moi. Parce que j'en avais besoin. Je les voulais tous les trois. Je ne voyais pas comment choisir parmi eux trois, en si peu de temps.

La main de Calder glissa sur mon dos et trouva mon anus, il s'y introduit doucement mais sûrement. En ressortit. Il m'excitait. Me remplissait.

Zed enfonça ses doigts dans ma chatte, me dilata tout en branlant mon clitoris avec leur sperme, ça picotait, j'étais à deux doigts de jouir. De nouveau.

J'avais déjà eu un nombre incalculable d'orgasmes. Il paraissait impossible que mon corps puisse en accueillir d'autres. Encore. Et encore.

"Je vais baiser ta bouche pendant qu'ils doigtent ta chatte et ton cul."

Oui. Oui !

Ils bougeaient tous en même temps, me baisaient, me pénétraient, je devenais le centre de leur existence. Je m'abandonnais, j'ordonnais à mon cerveau de la mettre en veilleuse et de profiter.

De l'excitation. Des corps. Des baisers. Des hommes. Du plaisir. Pourquoi m'en priver ?

Pas étonnant que la gardienne Egara m'ait regardée comme une idiote. Qui se contenterait d'un seul homme sur Trion, avec des bijoux et des chaînes en or à la con accrochées aux nichons, quand je pouvais avoir trois extraterrestres super canons occupés à me donner du plaisir ? C'était égoïste. Trop beau pour être vrai. Mais bon sang, impossible de résister. Je ne pouvais pas dire non. Je n'en avais pas envie.

J'étais contente d'être là.

Je m'ouvrais sur leurs doigts, mon vagin, ma bouche et mon cul se contractaient sur mes partenaires le plus étroitement possible, j'étais presque au septième ciel. Ça approchait. Je n'allais pas me retenir une seule seconde, l'orgasme me parcourut à la vitesse d'un cheval au galop franchissant la ligne d'arrivée à toute allure.

Axon jouit sans attendre et j'avalai le plus de sperme possible, je criai et pleurai de bonheur tandis que son sperme chaud coulait en moi telle une drogue. Nous étions liés. Leur sperme contenait une substance qui rendait accro. Mon corps ne répondait plus. Le bonheur. Je voulais que ça continue. Je savais que j'en voudrais toujours plus.

Mes soubresauts s'estompèrent, je gémis, épuisée mais heureuse. Comblée.

"Tu as joui pour nous, femme, dit Zed gentiment. C'était une question, pas un ordre. Accorde-nous trente jours pour conquérir ton cœur."

J'avais envie de m'écrouler au sol, pourtant Axon se mit à genoux et me prit dans ses bras. Mais il n'était pas le seul. Zed se lova contre mon ventre, sa main chaude posée sur ma hanche, signe évident de propriété que je trouvais étrangement rassurant. Calder caressait mon dos de sa grosse main, il m'apaisait et me rassurait, c'était trop bon.

Un seul ? Je devais en choisir un seul ?

Non. Je les désirais tous les trois. A supposer qu'ils veulent me conquérir, je savais tout au fond de moi que je ne pourrais jamais leur tourner le dos. Pas s'ils pouvaient m'aider à retrouver ma sœur. Moi aussi j'avais droit au bonheur et je comptais bien en profiter, j'allais *pas* laisser passer ma chance. Ils m'appartenaient. Tous les trois.

J'avais trente jours pour les convaincre. C'était dingue, vu que je leur avais limite claqué la porte au nez tout à l'heure.

"Trente jours." J'acceptai, ils étaient surpris. Je n'avais pas l'intention de choisir.

Cette constatation était pour le moins choquante mais je n'allais pas me mentir.

Je les désirais tous les trois.

5

Zed, Centre de Recrutement des Epouses Interstellaires, Terre

Notre femme était épuisée. Violet avait les yeux brillants de larmes, elle tremblait tandis que nous nous dirigions vers la plateforme de transport située à l'intérieur du Centre de Recrutement des Epouses Interstellaires sur Terre. La gardienne Egara était une femme rigoureuse qui me plut sur le champ. Je sentais toutefois qu'elle avait besoin d'un homme solide sur lequel se reposer, quelqu'un qui lui sauterait dessus et lui donnerait du plaisir.

Tout comme Violet il y a quelques heures à peine.

Nous avions peut-être exagéré. J'en savais rien, mais je ne pouvais pas revenir en arrière. Pas depuis que ma bite avait goûté à sa délicieuse chatte. Elle était à moi, j'éprouvais un tel besoin de la protéger et l'épauler que je réprimais à grand-peine mes propres tremblements.

J'étais un animal sauvage, qui n'obéissait pas à une logique froide mais à son instinct. A ses besoins.

"Tu es prête, Violet ? Nous nous rendons sur Viken United, dans le palais des trois rois. Leur femme, la Reine Leah, est une terrienne comme toi. Je suis sûr qu'elle sera ravie de faire ta connaissance." Axon la soutenait doucement, une main sur les reins, l'autre sous le coude. Il avait lui aussi remarqué que malgré son aplomb, notre femme était apparemment tout alanguie et comblée.

"Ok."

Calder et Axon étaient les gardes de la reine. J'étais originaire des terres glacées du Nord, j'étais chargé de surveiller les systèmes de communications Viken contre les séparatistes souhaitant sortir de la Coalition Interstellaire afin de revenir aux guerres tribales ancestrales et aux coutumes d'un autre âge. Trois secteurs de la planète contrôlés par trois factions en guerre, au lieu de prôner l'unité en vigueur. Les trois rois, séparés à la naissance pour vivre chacun dans un secteur déterminé, s'étaient retrouvés à l'arrivée de leur femme. La Reine Leah était rapidement tombée enceinte, la Princesse Allayna était devenue le symbole d'une planète unie. Elle ne disposait d'aucun secteur. C'était une pure Viken. Ce bébé incarnait l'avenir, sauf si les SSV parvenaient à leurs fins.

Mais ce n'était pas la seule menace. Les gens faisaient l'autruche et prétendaient que la Ruche n'existait pas, des volontaires qui avaient gonflé les rangs de la Coalition et en étaient revenus, comme nous, connaissaient la vérité, le danger était bien réel. Une destruction était parfaitement envisageable.

De nombreux guerriers avaient vu la Ruche de près.

L'avaient combattue. Savaient à quelles horreurs s'attendre en cas de conquête. Nous n'étions pas seuls dans la galaxie, les membres du SSV, le mouvement des Séparatistes du Secteur Viken, étaient à l'ancienne. Des mœurs d'un autre âge.

Moi aussi, en un sens. Je n'aimais pas la violence, mais je voulais Violet pour moi et pour moi seul. Je craignais que ce ne soit pas le cas, qu'elle en épouse un autre.

Axon et Violet me regardèrent depuis la plateforme de transport, je me postai auprès de ma femme. Elle glissa sa petite main dans la mienne pour se sentir rassurée, une douce chaleur m'envahit. La douleur aussi. Une douleur douce-amère.

J'attendais ma femme depuis si longtemps, et je risquais de la perdre au profit de l'un des guerriers placés à mes côtés.

"Promets-moi de m'amener voir ma sœur. Violet soutint mon regard mais dévisagea Axon et Calder du même regard suppliant. Promettez-le-moi. Tous les trois.

— Je te donne ma parole, femme," lui jurai-je, en l'embrassant sur la tête. Elle pressa ma main et se pencha vers moi un bref instant, je me réjouis de cet infime signe d'acceptation. Du désir qu'elle éprouvait pour moi.

Axon lui fit la même promesse mais Calder resta le silencieux. Il n'était pas monté sur la plateforme de transport. Nous le regardions, il se tenait près de la porte, la gardienne Egara prit la parole.

"Il y a un problème, Calder ? demanda-t-elle, les bras croisés sur la poitrine, un sourcil arqué.

— Oui. Il répondit à la gardienne sans quitter Violet des yeux. Ma femme s'inquiète pour sa sœur. Elles n'ont jamais été séparées jusqu'à ce jour. Je ne peux pas lui promettre de la retrouver si j'ignore où habite sa sœur sur Trion. La planète est grande, j'ai pas envie de perdre mon temps.

La gardienne tapa du pied sur le sol carrelé, mais son sourire à peine esquissé disait qu'elle était loin d'être fâchée.

— Que proposez-vous, Garde d'Elite ? Demander où se trouve la sœur de votre épouse est contraire au protocole, puisque vous n'êtes pas membre de sa famille.

Il se tourna vers elle.

— Je ne suis pas d'accord. Je suis son beau-frère.

La gardienne n'en démordait pas.

— Pas encore. Mademoiselle Nichols, Mademoiselle Violet Nichols, a trente jours pour décider lequel des trois elle souhaite épouser - ou vous trois - vous ne pouvez faire partie de la famille de Mademoiselle Nichols puisque vous insistez lourdement pour faire capoter un mariage idéal en lui demandant de choisir entre vous trois. Vous êtes un égoïste, Calder. Vous ne pensez qu'à vous, et pas à elle."

Calder rougit comme une pivoine, cette petite terrienne avait poussé le bouchon trop loin. Violet poussa un cri à côté de moi mais le regard d'Axon s'assombrit—pas à l'encontre de la gardienne Egara, mais envers Calder. Axon était apparemment d'accord avec la gardienne. Il avait clairement annoncé dans l'appartement de Violet qu'il n'était pas contre l'idée d'une épouse commune.

J'avais envie d'elle, je comprenais que Calder désire la garder pour lui. Mais j'avais été ébranlé jusqu'aux tréfonds de mon âme lors de notre première rencontre.

J'avais éprouvé une vive satisfaction et du plaisir en leur ordonnant de la toucher, de la faire jouir. Voir son corps palpiter, ses yeux ivres de désir, entendre ses petits gémissements et ses cris de plaisir me rendaient fou de désir. J'avais envie d'elle.

J'avais adoré. J'avais adoré la voir se contorsionner, supplier et jouir sur la bite de Calder. Et la mienne. Je bandais comme un taureau lorsqu'Axon l'avait faite s'allonger et l'avait fait jouir avec sa bouche. Lorsqu'il avait empli sa bouche de sperme et qu'elle l'avait avalé. J'aimais la voir se cambrer quand ma bite la pénétrait profondément et que Calder la sodomisait. J'aimais tout ça. Je me sentais étrangement possessif, non seulement envers elle, mais envers eux trois.

Comme s'ils m'appartenaient également.

Ma famille.

A protéger.

La sensation était gênante. Je n'étais jamais tombé amoureux d'un homme. Je n'en avais jamais désiré, touché, ou embrassé un. Mais c'était différent. On ne baisait pas ensemble, on baisait Violet. Nous n'étions pas concernés ... mais *elle, oui*.

Notre femme était une maîtresse passionnée. Généreuse. Toujours partante.

Notre épouse.

Je me rendais compte que c'est l'image que j'avais d'elle depuis qu'on se l'était partagée aujourd'hui. Elle était à nous.

Deux grands guerriers m'aideraient à assurer son bonheur, son plaisir et sa sécurité ? Ce scénario devenait soudain tout à fait plausible. Pour la première fois de ma vie, je comprenais la jalousie que j'avais éprouvée à maintes reprises envers les trois rois et les autres Vikens se partageant une épouse.

Au nord de l'IQC, Evon, un ami du Secteur Deux, partageait sa femme avec deux autres guerriers, Liam et Rager. Tout comme Violet, leur femme, Bella, était originaire de Terre.

Je les observais depuis des mois. Je les observais et enviais le regard de Bella lorsque ses époux entraient dans une salle.

La confiance. L'amour. L'acceptation. Le désir. Elle était comblée. Aimée. Chérie. Ses trois époux s'occupaient d'elle.

Aucune femme ne m'avait regardé ainsi jusqu'à ce jour.

Jusqu'à ce que je rencontre Violet.

Refuser de partager impliquait la laisser ? Calder se mettait le doigt dans l'œil jusqu'à l'omoplate. J'étais prêt à conclure un pacte avec Axon si cela s'avérait nécessaire.

Je ne la laisserais pas tomber. Je n'allais pas lui permettre de poursuivre sa discussion avec la gardienne.

"Qu'est-ce que tu fais, Calder ?

Le guerrier se tourna vers moi et tendit sa main, refusant de répondre. Il se dirigea vers Violet et s'agenouilla à ses pieds.

— Violet, ma femme, je connais l'importance que revêt une famille. Je sais que la perdre est douloureux. Permets-moi de te rassurer sur ce point.

Violet me pressa fortement la main, je la tenais sans rien dire, attendant de voir où ça nous mènerait.

— Où veux-tu en venir ? Je peux parler à Mindy ? Ici ? Maintenant ?

Possédée par les Vikens

Devant elle, Calder se tourna et s'adressa à la gardienne.

— Je vous demande, de la part de ma femme, d'entrer immédiatement en contact avec l'épouse Mindy Nichols sur Trion, d'assurer sa sécurité et son bien-être avant notre transport sur Viken.

La gardienne regarda Calder et Violet.

— C'est bien ce que vous voulez, Mademoiselle Nichols ? En tant que membre de sa famille, vous êtes seule apte à faire cette demande."

Violet recula, descendit de la plateforme surélevée et se déplaça vers la gardienne tandis que Calder se relevait. Axon lui tapa dans le dos en guise de remerciement, Violet était tout excitée par la demande de Calder. Je restai silencieux mais hochai la tête en guise de reconnaissance, Calder avait rendu notre femme heureuse. Elle obtiendrait ce qu'elle voulait avant notre départ pour Viken. Elle ne douterait plus de nos honorables intentions, elle passerait toujours en premier. Nous aurions tout le temps de voir ce qui nous arriverait à tous les quatre sur Viken.

Pourquoi n'avais-je pas songé à son bonheur ?

Etais-je trop distant ? Fâché avec l'amour, je ne savais pas aimer ? Etais-je resté trop longtemps sans famille ? Sans espoir ? Mon cœur était-il devenu aussi insensible que les montagnes glacées qui encerclaient l'IQC ?

"Oui, bien sûr que j'en ai envie. Je veux parler à Mindy.

— Très bien. La gardienne Egara nous regarda tour à tour, ainsi que Violet. Venez, Mademoiselle Nichols. Nous allons entrer en contact avec Trion et attendre leur réponse. La joindre peut prendre quelques minutes ou plusieurs heures. Elle peut très bien voyager et par conséquent, être injoignable.

— J'attendrai, insista Violet en se frottant les mains. Le temps qu'il faudra.

— Très bien.

La gardienne se tourna vers l'écran et entra des coordonnées sur un pupitre que je ne pouvais voir. Je me raclai la gorge, elle releva la tête et s'adressa à nous trois.

— Elle peut parler avec nous sur le champ, mais j'enverrai les coordonnées exactes de Mindy à la reine Viken. La reine fournira les coordonnées pour organiser une visite sur Trion dès que votre femme aura fait son choix parmi vous.

— D'accord. Merci." Axon s'inclina légèrement en guise de remerciement mais je n'arrivais pas à bouger, soudainement pétrifié par cette manœuvre, Calder pourrait conquérir le cœur de notre femme. Elle était visiblement contente et pleine d'espoir, à en juger par l'expression qui se lisait sur son visage.

Nous n'eûmes pas besoin d'attendre des heures, en une poignée de secondes, l'écran s'alluma et le visage d'une femme strictement identique à celui de Violet, apparut … presque semblable. Je remarquai d'infimes différences—son maintien, la longueur de ses cheveux, une petite cicatrice sur le front.

"Violet ? Oh mon dieu, c'est bien toi ? " La femme poussa un énorme cri par écran interposé. Ses cheveux lâchés tombaient en halo sur ses épaules dénudées. Elle portait des soieries, ses chaînes de mariage pendaient ostensiblement entre ses mamelons dressés sous le tissu fin. Elle arborait un sourire radieux. Son regard était franc. Mindy était désinhibée. Sauvage.

"Mindy ? Violet s'approcha de l'écran. Oui, c'est moi. Tu vas bien ? Je me suis fait un sang d'encre."

L'autre femme riait comme si c'était le cadet de ses soucis. Sans aucun remords. Ni culpabilité. Sans se soucier de Violet, de ce dans quoi sa sœur s'était fourrée. J'avais envie d'allonger Mindy sur mes genoux et lui donner la fessée jusqu'à ce qu'elle ait le cul rouge, en voyant la froideur et la peine raidir les épaules de ma femme, ses dents serrées. Les larmes montèrent aux yeux de Violet mais elle les réprima, ravalant son angoisse. Elle refusait de pleurer. Elle refusait de les laisser couler.

Je remarquai immédiatement la différence entre elles. La sœur de Violet était douce, généreuse et émotive. Elle jouissait de l'instant présent, manquait de sang-froid et avait besoin de se sentir en sécurité, protégée par son époux guerrier. La femme idéale pour les hommes possessifs et dominateurs à l'extrême, sur Trion. Elle était mariée, vu la fine chaînette qui pendait entre ses tétons. Elle n'avait pas rejeté son mari, et même si c'était le cas, elle serait restée sur Trion et en aurait trouvé un autre à son goût. Elle ne retournerait pas sur la Terre, comme Violet le souhaitait.

"Désolée Violet mais je devais partir. Rester était impossible, après que Josh m'ait jetée. Si tu savais à quel point je suis heureuse ici. Goran est fantastique. Elle leva les yeux au ciel et rit, folle de joie. Je crois que je l'aime, Violet. Ça fait seulement quelques jours mais il est ... formidable. Cet endroit est ahurissant. On est sur cet avant-poste extraordinaire. C'est comme un désert, y'a deux soleils et ... mon dieu, Violet. Marie-toi, c'est le rêve.

— Quelques *jours* ?" Violet écoutait sa sœur jumelle, partie sur sa lancée, elle inspira profondément, plissa les yeux et se raidit. Elle serra les poings, elle rougit—mais pas d'excitation. Je la connaissais depuis quelques heures à peine mais elle était visiblement énervée. En colère. Elle avait tenu à contacter sa sœur coûte que coûte, la voir, lui parler, s'assurer qu'elle allait bien. Vu le résultat, mieux valait qu'elles soient à des années-lumière l'une de l'autre.

6

Violet, Centre de Recrutement des Epouses Interstellaires, Terre

"Mindy, tais-toi." Mes paroles étaient cinglantes mais je m'en fichais. J'étais furieuse. Si furax que je voyais flou, j'arrivais même plus à réfléchir. Comment osait-elle parler de ce ridicule avant-poste, qu'elle avait baisé avec son mec dans une oasis et qu'elle était aux anges ? J'aurais presque vu les petits oiseaux et les papillons voleter, comme dans un dessin animé de Walt Disney.

Mindy resta bouche bée, et la referma aussi sec.

"On était bien d'accord non, on se dit toujours où on est ?" demandai-je, en revenant à l'essentiel.

Mindy renifla sans me quitter des yeux. Mon dieu, ça faisait vraiment du bien de la voir, de savoir qu'elle allait bien. Désormais rassurée, j'avais envie de la baffer. Je n'étais pas de nature violente mais j'étais si en colère contre ma jumelle que j'avais du mal à respirer.

"Je t'ai laissé un message.

A mon tour de rester bouche bée.

— J'ai balisé depuis. On envoie un message pour dire 'ramène du lait '. Pour dire que tu passes voir une amie et que tu rentreras tard. Pour me donner le nom et l'adresse du mec que t'as pécho au bar.

Mindy se rapprocha, comme si nous étions seules. Elle ne savait pas qu'on écoutait notre conversation.

— Violet, chuut. Il risque de nous entendre.

— Qui ça ? Et apprendre que t'es plus vierge ? Je suis sûre qu'il s'en est aperçu de lui-même."

Mindy avait toujours eu ... une sexualité débridée. Elle se donnait volontiers. Ça ne me posait aucun problème tant qu'il ne lui arrivait rien. Les femmes pouvaient très bien baiser sans attaches, comme les mecs. Se taper un plan cul et ne plus jamais revoir le mec. Ça ne me choquait pas et je n'avais jamais jugé ma sœur. Mais je ne lui ressemblais pas. J'étais une femme fidèle. Coucher pour coucher ne m'intéressait pas. J'avais eu des petits copains. Des relations courtes qui ne menaient à rien.

Jusqu'à aujourd'hui. Ma relation battait à plate couture tout ce que Mindy avait expérimenté. J'avais permis à trois étrangers— trois étrangers *extraterrestres*— d'entrer chez moi et de me baiser en l'espace de quelques minutes. On n'avait pas fait que coucher. On avait baisé. Comme des sauvages, c'était torride, *débridé*.

Mais Axon, Zed et Calder étaient différents. Ils étaient compatibles, notre lien était très puissant. Je savais en mon for intérieur qu'ils m'appartenaient, qu'ils ne me feraient aucun mal et me donneraient exactement ce dont j'avais envie. Non, ce dont j'avais besoin.

J'avais mal au vagin à force de m'être faite défoncer par les grosses bites de Zed et Calder. J'avais mal aux mâchoires à force d'avoir ouvert la bouche pour faire une gorge profonde à Axon. Mon anus était un peu endolori par les préliminaires de Calder. J'avais encore envie d'eux, dans le centre de recrutement.

Mon clitoris palpitait de désir. Mes tétons durcis étaient sensibles contre mon soutien-gorge. J'étais accro, c'était l'heure de ma dose.

C'était pareil pour Mindy avec son partenaire ? Je contemplai sa tenue. Une robe souple transparente. Elle ne cachait rien de son anatomie, ses piercings de tétons et les chaînes dont les hommes avaient parlé se voyaient à l'autre bout de la galaxie.

J'étais curieuse d'en savoir plus au sujet de son mari mais le moment était mal choisi.

J'étais trop en colère pour parler mec. Elle avait besoin d'une bonne engueulade, et j'allais pas m'en priver.

"Goran et moi n'avons aucun secret, me répondit-elle.

Je posai mes mains sur mes hanches.

— Il sait que tu t'es portée volontaire et que t'as quitté ta famille sans même dire au revoir ?

Elle rougit.

— Tu lui as dit que je ne représentais absolument rien pour toi ?

Les larmes et la peine rendaient ma voix rauque.

Mindy se radoucit.

— Tu comptes plus que tout !

— Alors pourquoi tu me traites comme ça ? rétorquai-je. Je me fais un sang d'encre depuis des semaines, Mindy. Huit semaines !

Elle fronça les sourcils.

— Je ne suis ici que depuis deux jours. Je ne comprends pas.

La gardienne se racla la gorge.

— Sur Trion, le temps est légèrement différent par rapport à la Terre. Ainsi que sur Viken. Je suis désolée, mesdames, mais d'après mes calculs et les dires des épouses que j'ai envoyées sur Trion par le passé, une journée sur Trion égale quatre ou cinq semaines sur Terre.

— Quoi ?" Je lui hurlais dessus ? Ou entendais-je crier dans ma tête ?

Mindy agita sa main devant son visage comme si c'était n'importe quoi, que ça ne méritait pas qu'on s'y arrête, une réaction typique de ma sœur jumelle. Un continuum spatio-temporel, une connerie digne de *Star Trek*, pouvaient se ranger dans cette catégorie.

"Ecoute Violet. C'est pas à cause de toi, c'est à cause de moi. J'avais besoin de changer d'air après que Josh m'ait lourdée. J'avais plus rien à perdre là-bas.

Je reculai, comme si j'avais reçu un coup de poing et percutai un corps robuste. Grand, costaud, chaleureux. Une main rassurante se posa sur mon épaule.

— T'avais plus rien à perdre ? Et moi, je compte pour du beurre ?

— Qui est-ce ? demanda Mindy, en le montrant du doigt, les yeux écarquillés.

Je regardai derrière moi, ignorant duquel il s'agissait.

— Calder. Je n'allais pas lui en dire plus. Elle ne méritait aucune explication après ce qu'elle venait de me sortir.

Mindy me tendit la main.

— Attends. Attends ! Pourquoi tu me parles mal ? Y'avait plus de réseau à Vero Beach. Je la voyais cogiter à cent à l'heure. Tu es au Centre de Recrutement des Epouses. Pourquoi ?

— Pour te parler.

Elle secoua la tête, ses cheveux noirs tombaient en cascade sur ses épaules nues.

— Non. Ils ne t'auraient jamais laissée entrer juste pour me parler. Qu'est-ce qui se passe ?

Je poussai un gros soupir.

— Mindy, j'étais morte d'inquiétude. T'es *partie* voilà deux mois, j'étais sans nouvelles depuis.

— Je suis désolée.

— Vraiment ? lui demandai-je. T'as pas l'air si désolée que ça. Je dors plus depuis des semaines, et pendant ce temps, tu te mets en ménage avec un extraterrestre.

— Je ne joue plus. Je suis tombée amoureuse de lui. Et bon sang, c'est un vrai dieu au lit. J'ai eu quatre orgasmes en deux heures à peine et—

— Ta gueule. Ta gueule putain. J'avais pas l'habitude d'être vulgaire mais c'était *vraiment* pas le moment. Je te crois pas."

Elle soupira et pencha la tête comme à chaque fois qu'elle voulait me calmer en jouant du lien de gémellité contre moi. Ça marchait toujours. Je lui pardonnais *toujours,* quelles que soient les combines dans lesquelles elle se fourrait. Mais là ? C'en était trop.

"Pardonne-moi. J'aurais dû te le dire de vive voix. Mais j'aurais pas eu le courage de faire tout ça, d'oser passer le test. Je devais y aller, trouver un partenaire. J'en ai marre des losers comme Josh, j'avais pas envie de tomber indéfiniment sur des minables. C'est *lui* que je voulais, l'Homme fait pour moi. J'aurais pas pu te dire au revoir. Ça aurait été trop pénible."

Les larmes roulaient sur ses joues. Elle disait vrai. Elle sortait toujours avec des minables. Elle avait eu quelques bons orgasmes, mais ça s'arrêtait là. Aucune osmose. Aucun amour. Tous des connards. C'était peut-être des mecs bien, mais pas pour elle.

Je savais que le test était *vraiment* parfait et qu'elle était unie à un homme ayant le même taux de compatibilité que celui que je partageais avec Axon, Zed et Calder, elle était probablement immensément heureuse.

"Je t'aurais accompagnée, lui dis-je

Elle renifla.

— Pour de vrai ? Violet, tu es parfaite. Ta vie est parfaite. On est jumelles mais c'est toi qui t'occupes de moi depuis des années. Je foire tout, comparée à toi.

Je secouai la tête.

— J'aime pas t'entendre dire du mal de toi.

— Moi non plus. Une grosse voix me parvint, Mindy écarquilla les yeux. Elle eut l'air légèrement paniquée au début et sourit. Elle rayonnait.

— Maître, s'il te plaît, j'aimerais te présenter ma sœur."

Un homme grand fit son apparition, il se tenait en retrait derrière Mindy. Il portait une longue robe pardessus son armure, on l'aurait dit tout droit sorti d'une tribu médiévale, dans un désert. L'épée qu'il portait au côté était faite pour tuer, mais l'arme placée de l'autre était bien plus meurtrière. Une sorte de flingue argenté. Un revolver extraterrestre. Il avait l'air prêt à guerroyer, ça me rendait nerveuse.

Mais Mindy rayonnait comme s'il était Dieu sur Terre. Je ne l'avais jamais vu contempler quiconque de la sorte, je la pardonnais au fond de moi. Je ne l'avais jamais vue heureuse. Ce mec, le *maître* de ma sœur, était grand, brun et séduisant, ses cheveux lui arrivaient aux épaules, il avait une barbe naissante. On aurait dit ... un pirate ou un sultan. Sa façon de passer ses bras autour de la taille de Mindy faisaient saillir ses seins, qui reposaient sur ses avant-bras, signe flagrant de possession. Elle l'appelait *Maître* ?

"Oui, avec plaisir, mais je te préviens, tu sais ce qui t'arrivera si jamais tu te rabaisses ?

Mindy afficha un air contrit et légèrement honteux. Mais je connaissais ma sœur. Son regard luisait de ... désir. Cet homme avait réussi à la mater.

— Tu as dit que tu me punirais.

— C'est exact. Je te botterai le cul jusqu'à ce qu'il devienne rouge et je te tringlerai après avoir rencontré ta sœur."

Il ressemblait un peu à Zed, je me demandais si tous les beaux mecs de l'espace étaient aussi dominateurs. Mais je savais—puisque nous étions de vraies jumelles— que Mindy avait besoin d'un partenaire qui la mènerait à la baguette. Vu sa respiration et ses regards, on aurait dit qu'elle avait obtenu exactement ce dont elle avait besoin.

"Oui, Maître." Mindy rougit comme une pivoine, un mélange de crainte devant la fessée qui l'attendait, et l'envie de se faire démonter. Je connaissais parfaitement cette sensation.

Elle se racla la gorge.

"Violet, je te présente le Général Goran de Trion, mon mari." Elle sourit, radieuse, et le regarda. Elle avait l'air heureuse. Tout excitée. Amoureuse. Le terme Maître indiquait le degré de domination, elle avait l'air d'apprécier.

J'étais contente pour elle, j'enviais son bonheur, moi aussi j'avais envie d'être heureuse.

"Bonjour, sœur de ma femme. Il m'observa par écran interposé, je sentis la main de Calder serrer mon épaule. C'est incroyable, tu es le portrait craché de Mindy. Mais je note quelques différences."

Que devais-je dire ? *Ravie de vous rencontrer ? Vous avez vu le match des Marlins hier soir ?* Il n'était pas originaire de la planète Terre, Mindy était notre seul point commun. Bon sang, ils n'étaient pas *sur* Terre. Je discutais avec eux, à des années-lumière. Ils étaient sur Trion.

Je sus soudainement ce que j'avais exactement envie de dire à celui qui m'avait remplacé aux côtés de ma sœur.

" T'as intérêt à bien t'occuper de ma sœur, sinon je viendrai m'occuper de ton cas en personne."

Ma menace le fit rire, il n'était pas du tout intimidé.

" Je vois que tu es aussi fougueuse que ta sœur. Il regarda Calder. Elle va te donner du fil à retordre, guerrier."

Cette conversation me rendait dingue. Je n'étais plus fâchée contre Mindy. Mais *j'étais* encore en colère, ma colère était désormais dirigée contre quelqu'un d'autre.

" Je ne plaisante pas, Général. Si vous faites du mal à ma sœur, je vous tue.

La gardienne Egara poussa un cri.

— Mademoiselle Nichols, vous menacez un—

Elle n'eut pas le temps de terminer sa phrase. Goran

leva sa main, la gardienne répondit à sa domination en laissant sa phrase en suspens.

— Tu es la bienvenue sur Trion, chère sœur. Mindy est à moi et je t'assure que je prendrai bien soin d'elle, que je la protègerai et que je l'aimerai comme tout homme digne de ce nom. Inutile de faire usage de la violence." Il sourit, je compris exactement pourquoi ma sœur le considérait comme le centre du monde. Il était super beau quand il souriait. "J'admire ton esprit rebelle, Violet. Un point commun avec ta sœur. Sa passion et sa loyauté sont les raisons pour lesquelles je l'aime."

Mindy rougit, visiblement ravie de sa déclaration. Je devais admettre que rares étaient les hommes prêts à débiter tout à trac qu'ils aimaient leurs femmes. Surtout devant d'étranges guerriers inconnus.

Je soupirais longuement.

"Mindy. Je sais pas quoi te dire.

— Violet, tu m'aurais vraiment laissée partir ?"

Je détournai le regard pour la première fois, j'étais tellement en colère qu'elle soit partie que je n'avais pas réfléchi à ma réaction si elle m'en avait parlé. L'aurais-je laissée sortir de son appartement ? Je lui aurais ri au nez en apprenant qu'elle comptait se porter volontaire, j'aurais dit à Mindy qu'elle était folle, qu'elle devait attendre de tomber sur le bon. En la voyant si rayonnante avec cet extraterrestre Trion, je me demandais si je l'aurais franchement empêchée d'obtenir ce qu'elle voulait. Non, ce dont elle avait besoin.

"Je t'aurais enfermée chez toi, je t'aurais saoulée avec ton vin favori et gavée de glace jusqu'à ce que tu me jures de pas partir.

Elle sourit.

— Exactement. Elle regarda Calder, elle avait posé sa main sur le poignet de son mari, j'étais quasiment certaine qu'elle ne se rendait même pas compte qu'elle caressait son bras.

— Mais tu as un mari, je crois, un Viken, dit Goran à Calder en voyant la main sur mon épaule.

Mindy écarquilla les yeux.

— Quoi ? glapit-elle. T'es au centre de recrutement parce que tu t'es mariée toi aussi ? Attends. Elle leva la main, geste qu'elle faisait habituellement lorsqu'elle avait besoin de réfléchir. Que fait ton mari *là-bas ?*"

Zed et Axon se pressèrent à mes côtés, j'étais cernée sur trois côtés.

Mindy resta bouche bée et nous regarda sans broncher. Elle nous fixait.

"Calder n'est pas son seul mari, dit Axon d'une voix claire. Je suis son mari, Axon de Viken.

— Moi également. Zed salua le guerrier extraterrestre. Elite Royal de Viken. Je suis Zed. Violet est ma femme."

Mindy poussa un cri strident et leva les bras sur sa tête, comme un arbitre signalant un coup franc. J'avais l'habitude de ce geste mais son mari la regarda les yeux ronds, mes époux étaient comme deux ronds de flanc.

"Trois maris ? Purée ! Faut que tu me racontes. Ils sont en Floride ! Trois mecs ! Des Vikens. Waouh, j'ai entendu ... des trucs vachement coquins à leur sujet. Tu as ... tu es—

— Du calme, femme, dit Goran d'un air sévère, je le vis néanmoins esquisser un sourire.

— Oui, des Vikens. Oui, ils sont trois. Ils sont là parce

que j'avais besoin ... je pouvais pas partir sans t'avoir parlé."

Je n'allais pas lui dire que j'avais refusé cette union. Pas en leur présence, et surtout pas en présence de la Gardienne Egara, qui avait juste depuis le début. Je m'étais plantée en beauté. J'observais la femme qui regardait dans ma direction, elle n'avait pas l'air de dire *je vous l'avais bien dit*. Elle avait l'air contente. "Je pars sur Viken dès qu'on aura terminé notre discussion.

— Alors tu t'es mariée !" Mindy applaudit, folle de joie.

Je secouai la tête. J'allais pas lui dire que j'avais baisé avec les trois mecs en même temps. Ç'aurait été gênant.

— Elle a trente jours pour se décider, dit Zed. Entre temps, elle apprendra à connaître ses partenaires et sa nouvelle planète.

— C'est la loi, mes frères. Goran hocha la tête pour confirmer et Mindy se blottit contre lui, comme s'ils étaient ensemble depuis des années. C'est ma sœur, elle est officiellement sous ma protection.

Je me renfrognai. Hein ? Il ne connaissait même pas mon existence y'a cinq minutes.

Calder serra mon épaule.

— Je vous assure, Général Goran, que je la traiterai bien. Nous veillerons sur elle. Nous utiliserons ces trente jours à bon escient.

— Nous resterons constamment avec elle, ajouta Zed.

— Nous resterons constamment *en* elle," clarifia Axon, Goran éclata de rire et Mindy rougit. Elle croisa mon regard et me décocha un *Putain de Merde, Grande Sœur* muet, elle exultait de joie pour moi et elle était visiblement heureuse de son côté.

Je rougis si violemment que je faillis m'embraser. Leurs paroles possessives me gênaient et m'excitaient violemment. Quel Terrien se montrerait aussi téméraire et ... intéressé ?

Mindy sourit en haussant les sourcils.

"Très bien. Nous partons dans quelques heures pour la réunion du Grand Conseil à l'Avant-Poste Deux, je présenterai ma nouvelle épouse aux autres. N'aie aucune crainte pour ta sœur, Violet, je veillerai sur elle. Une fois la réunion terminée, je traquerai ceux qui l'ont menacée. Goran se pencha et enfouit son visage dans le cou de Mindy. Vous êtes les bienvenus chez nous. Guerriers, vous viendrez nous rendre visite sur Trion lorsque vous aurez épousé ma belle-sœur et qu'elle vous appartiendra définitivement. Nous vous accueillerons à bras ouverts."

Goran parlait à mes trois maris, pas à moi. L'espace m'était inconnu, je ne savais même pas comment me rendre sur Trion, c'était insensé. J'allais devoir compter sur mes époux dominateurs puisque je quittais la Terre.

"Viens nous voir, Violet, me supplia Mindy. Viens, je t'en prie.

— Elle viendra, répondit Zed d'une voix rauque, je me serais crue chez moi, alors qu'il me pénétrait. Je te le garantis.

Je le regardais, stupéfaite par ce que ça impliquait.

— On pourra vous rendre visite. N'est-ce pas Maître ? J'aimerais beaucoup rendre visite à ma sœur."

Goran la regarda, j'aperçus un sentiment qui vint à bout de toutes mes réticences. L'amour. Le dévouement. La possession complète et totale.

J'avais vu cette expression sur le visage d'un homme au cinéma seulement.

"Je dois d'abord chasser les rebelles. Anéantir ceux qui te menacent. On rendra visite à ta sœur une fois l'affaire réglée, *gara*.

Zed se raidit à mes côtés, je glissai instinctivement ma main dans la sienne.

— Quels rebelles ? Je ne risque pas d'amener ma femme sur Trion si elle court un quelconque danger.

Goran quitta des yeux le visage de ma sœur, son regard se durcit sur le champ.

— Ils ont menacé ma femme. Ils vont avoir affaire à moi.

Mon cœur battait à tout rompre. Zed se détendit, je n'y comprenais rien. Mindy avait subi des menaces ? Et Zed *se détendait* ? J'avais manqué un épisode ?

— Ça marche, frérot. Bonne chasse.

Le Trion hocha la tête, ils avaient scellé un accord tacite.

Je contemplais Zed pour essayer de comprendre ce qui se passait mais il ne me regardait pas. Il hocha la tête en direction de la Gardienne Egara.

— Dis au revoir, Violet.

— Au revoir, Mindy. A bientôt.

— Au revoir, Violet. Je t'aime—

La communication coupa.

Je m'éloignai de Calder, de tous les trois, et pivotai sur mes talons, les bras croisés.

— Je ne comprends pas ce qui se passe. Mindy est en danger. On doit aller sur Trion.

Zed leva les sourcils, son regard était glacial.

— Elle n'est pas en danger, Violet.

Agacée, je posai les mains sur mes hanches et les regardai tous les trois méchamment.

— Comment osez-vous dire une chose pareille ? Goran vient de dire qu'elle était menacée !

— Exactement, femme. Axon souriait. Que ferait-on, d'après toi, si on te savait menacée ?

La question me fit réfléchir.

— Je n'en ai pas la moindre idée.

C'était vrai. Je ne les connaissais que depuis quelques heures.

Calder, qui était resté silencieux durant la majeure partie de la discussion, répondit :

— Quiconque te menace mérite une mort atroce, femme.

— Quoi ?" Il lisait dans mes pensées ou quoi ? Les lois étaient donc si différentes dans l'espace ? Parce qu'ici, sur Terre, tuer une personne pour une bêtise était un meurtre. De simples menaces pouvaient vous valoir la prison. "Vous tuez des gens qui disent des conneries. Vous n'avez pas de prison sur Viken ?

Zed se mua en prédateur.

— Une femme c'est sacré, Violet.

Mais ... c'était .... je me tournai vers Axon, m'attendant à ce qu'il se montre un tant soit peu raisonnable vu cette conversation de dingue.

— Axon ?

Ses yeux verts étaient sérieux et durs. Trop sérieux.

— La menace serait éliminée. Il n'y a pas à discuter, Violet. Nous devons te protéger.

— Et si on me frappe ? Qu'on me donne un coup de poing dans le ventre ? Un coup de pied ? Les gens font parfois n'importe quoi.

Zed parla d'une voix glaciale. Dénuée d'émotion.

— Celui qui lève la main sur toi doit périr, Violet. C'est comme ça et pas autrement. Pareil sur Trion."

Ce tsunami émotionnel était trop pour moi, mes genoux tremblaient. L'adrénaline qui m'avait submergée lorsque j'avais parlé à ma sœur fondait comme neige au soleil. La chute serait rude. Pire, mon moral était en chute libre, j'étais sans défense. Les larmes me montèrent aux yeux. Ce serment de me protéger était un truc de ouf. Possessif. Intense.

Et je les croyais. Leur proposition de protection me rendait plus forte que jamais ... plus vulnérable aussi. Je ne comprenais pas cet ouragan qui faisait rage.

Je regardai la Gardienne Egara, les yeux brillants de larmes non versées. Je me dirigeai vers elle, les jambes molles, et la pris dans mes bras. Elle résista au début mais se laissa aller et m'enlaça étroitement.

— Ils sont à vous, Violet. Chérissez-les. Aimez-les. Rien n'est jamais acquis.

Je reculai et la regardai droit dans les yeux.

— Vous étiez mariée, avant, n'est-ce pas ?

Elle hocha imperceptiblement la tête.

— Que s'est-il passé ?

Elle détourna le regard et recula, elle avait repris son rôle de gardienne.

— Ils ont été capturés par la Ruche. Elle se décala vers le pupitre de commandes du transport. Votre fenêtre de transport va se refermer. Je vous conseille d'y aller.

— Violet. Zed m'appela, ce n'était pas une question, il me donnait l'ordre de le rejoindre sur la plateforme de transport.

— J'arrive," dis-je en me retournant pour regarder la gardienne, je me demandais quelles atrocités avaient subi ses époux. Elle avait bien parlé d'époux *au pluriel*, et pas au singulier, elle en avait donc plusieurs. Mais elle les avait perdus.

Calder me prit par les bras avant que j'aie le temps de faire un pas, il me blottit contre sa poitrine, comme si j'étais un objet précieux.

"T'as pas encore joui, femme, mais ça va pas tarder. Sans relâche. Sur ma bite, sur ma bouche, sur mes doigts, dit Calder en se penchant vers moi, il chuchotait à mon oreille. Heureusement, la gardienne Egara n'entendait pas.

— Tu vas nous accompagner sur Viken. Maintenant." Axon me prit la main pendant que Calder me portait sur la plateforme surélevée en vue du transport.

Zed passa le bras sur la poitrine de Calder pour me prendre la main, nous étions tous les trois connectés.

"Bonne chance, Violet, dit la gardienne Egara. Vous êtes entre de bonnes mains." Elle s'attela à son pupitre de commandes pour amorcer le transport. La salle vrombit de plus en plus fort. Les poils de mes bras se hérissèrent. "Le transport débutera dans trois ... deux ... un."

7

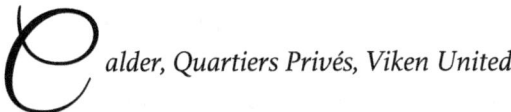

alder, Quartiers Privés, Viken United

NOTRE DEVOIR NE S'ARRÊTAIT PAS POUR AUTANT — À l'exception du protocole habituel lié à l'arrivée d'une épouse sur Viken—nous avions récupéré Violet sur Terre. Nous n'étions partis qu'une douzaine d'heures, laps de temps durant lequel nous avions couché, possédé et apprivoisé notre femme. Elle était pleine de sperme, comblée, notre semence ultra-puissante lui procurait un bonheur indicible.

Nous avions dû traverser la galaxie. J'avais repris mon poste une heure à peine après mon retour. Au lieu de pénétrer la douce chatte de Violet, j'avais dû revêtir mon uniforme et veiller sur la reine et notre nouvelle princesse. C'était un honneur que je prenais à cœur, mais pour la première fois, une envie d'ailleurs me rendait agité et irritable.

La reine m'avait posé des questions sur ma nouvelle femme, je me rendais compte que je connaissais à peine Violet, ça me frustrait d'autant plus, pas seulement sur le plan sexuel.

Violet adorait sa sœur jumelle ; c'était évident au vu de leur conversation. Son dévouement envers sa famille – aussi petite soit-elle – me donnait encore plus envie d'elle, ça renforcerait notre attachement. Son caractère protecteur envers sa sœur était l'une des caractéristiques du Secteur Un. Je serais heureux de l'emmener sur Trion une fois par mois si elle en éprouvait le besoin pour être heureuse. C'était bien plus simple que d'aller sur Terre. Mais hormis cela, je ne connaissais rien d'elle, ça me tourmentait.

La reine m'avait bombardé de questions. Quel était le plat préféré de Violet ? Quel genre de musique aimait-elle ? Elle faisait quoi comme travail sur Terre ? Quelles études avait-elle faites ? Quel âge avait-elle ? Où était-elle née ? Où vivait-elle ?

Je pouvais répondre sur ce point, j'avais décrit son appartement et sa ville de mon mieux. Je me sentais honteux face à la reine, j'avais passé mon temps à baiser et à faire jouir ma partenaire comme un égoïste pour la faire succomber à mon sperme, au désir violent que j'éprouvais pour elle.

Violet était désormais sur Viken. Axon et Zed la regardaient dormir. Le transport m'avez épuisé mais c'était pas la première fois, j'étais revenu de bien plus loin que la planète Terre. Mon organisme y était habitué, tout comme Axon et Zed. Violet non. Elle s'était endormie dans mes bras dès notre arrivée et avait continué pendant que je l'amenais dans les appartements d'Axon—pas chez moi puisque je devais travailler. Nous avions demandé à un médecin de vérifier que le transport ne lui avait causé aucun dommage, on nous avait assuré qu'elle avait simplement besoin de dormir.

J'étais reconnaissant que Violet soit saine et sauve, on veillerait sur elle en mon absence, elle ne resterait pas seule chez moi sur une planète inconnue comme ça aurait été le cas si j'avais été son seul et unique mari. Qu'est-ce que ces deux guerriers avaient appris à son sujet durant mon absence ? L'avaient-ils touchée ? Lui avaient-ils procuré du plaisir ? L'avaient-ils fait jouir ? L'avaient-ils fait hurler de plaisir ? Je supposais que la réponse était oui, le pouvoir du sperme de trois partenaires était très puissant. Triplait l'intensité.

Ma journée de travail terminée, j'enfilai un pantalon souple après ma douche. Je réalisai que j'aurais peut-être besoin de réfléchir à la notion d'appartements privés. Si je voulais vivre avec Violet au quotidien, savoir quand elle sortirait de la douche par exemple, je devrais la partager avec Axon et Zed, et non pas vivre à un autre étage dans les quartiers réservés aux Gardes d'Elite. Nous pourrions demander un appartement plus grand dans le quartier réservé aux couples mariés.

Je craignais, sachant que Zed était resté dans les quartiers d'Axon avec lui pendant que je travaillais —il n'avait pas d'appartement ici, il habitait loin, sur l'IQC— qu'ils se soient ligués contre moi pour garder Violet pour eux.

Deux contre un. Les apparences m'étaient défavorables. Mais j'étais un guerrier, je savourais le challenge.

Je n'arrivais pas à oublier le regard animal de Violet,

sur Terre, lorsqu'elle s'était empalée sur la bite de Zed et que j'avais titillé son anus.

Elle était dans la bonne position pour qu'on la prenne tous les deux. J'aurais pu me glisser derrière elle et la sodomiser pendant que Zed baisait sa chatte et qu'Axon branlait sa bouche. Tous les trois en même temps, un vrai accouplement. Permanent. Définitif.

Mais son corps n'était pas encore prêt ... ça aurait été injuste. Elle succombait au pouvoir de notre sperme pour la première fois, le corps brûlant. Elle était passionnée et impliquée. Généreuse. Elle nous aurait certainement permis de nous accoupler à elle officiellement, elle en avait un besoin viscéral, on l'aurait baisée tous les trois, mais elle n'aurait pas eu de libre arbitre. Elle avait certes accepté, mais n'avait pas encore donné son consentement.

C'était pas juste, c'était pas ce que je voulais. Je la voulais pour moi. La mère de mes enfants. Blottie dans mes bras, dans mon lit, chaque nuit. Je n'avais jamais imaginé partager une femme avec d'autres guerriers.

Comment m'ôter son image de la tête, nue entre nous trois ? Pourquoi est-ce que je bandais comme un taureau à l'idée de la *partager* avec deux étrangers ?

Je devais me rendre dans les quartiers d'Axon sur le champ. Qui sait ce qu'ils étaient en train de lui faire ? Ma bite s'agitait dans mon pantalon devant pareille éventualité, je devais les rejoindre.

Je cherchai une chemise et entendis qu'on frappait faiblement à ma porte, si faiblement que j'aurais presque cru au fruit de mon imagination.

Et encore. Le bruit recommença.

Je me dirigeai vers la porte et l'ouvris. Je ne respirais plus.

"Violet.

— Salut." Ses cheveux détachés tombaient en cascade soyeuse sur ses épaules. Ses lèvres étaient pulpeuses et charnues, ses joues roses, ses yeux pétillants. Elle portait la robe traditionnelle des épouses Viken, non pas grise, noire ou marron en rapport avec chaque secteur, mais d'un beau rouge qui exaltait ses formes. Elle lui arrivait aux chevilles, ses ballerines rouges étaient adorables. Sexy. J'avais envie de l'allonger sur mon lit, de l'embrasser en commençant par ses pieds avant de retirer ses vêtements et de la posséder.

C'était ce dont j'avais envie. Violet. Rien qu'à moi. Je dévisageai tant de beauté. J'étais en admiration.

"Euh, pardon. Tu préfères que je revienne plus tard ?

Axon, que je n'avais pas remarqué, poussa un grognement. Merde, j'avais semé le doute.

Je clignai des yeux, souris, tendis la main.

— Non. Bien sûr que non. Je pris la sienne et l'attirai contre moi sans réfléchir, je la soulevai, nous nous dévisageâmes. Reste.

Elle sourit et me passa les bras autour du cou. Le bonheur. La perfection. Tout ce que je désirais.

— Ok. Je voulais juste—tu m'as pas invitée à entrer.

Je lui fis franchir la porte ouverte et regardai Axon.

—Zed est parti à l'IQC pour finaliser son transfert. Il sera de retour dans quelques heures, je dois reprendre mon service auprès de la reine, annonça Axon.

Il n'avait pas l'air ravi—je le comprenais—je me contentai de hocher la tête.

— Femme, à plus tard," dit-il en regardant Violet, qui

avait ses bras autour de mon cou. Je savourais de la sentir contre moi, de l'avoir à mon tour, elle était heureuse. Nous avions envie d'être ensemble.

"Oui, à bientôt," répéta Violet, elle regarda Axon en souriant. Je la voulais toute pour moi, mais je m'étais finalement résolu à partager.

La porte se referma, à ma grande satisfaction. On ne serait pas dérangés. Elle était là. Avec moi.

Deux contre un ? Ha ! J'avais envie de crier victoire. Elle était là. Avec moi. Seule.

Content, je la tenais contre moi, sans la presser. Si je commençais à l'embrasser je ne pourrais plus m'arrêter. "Bonjour, femme. Je suis honoré par ta visite.

— Merci.

Elle sourit et regarda la chambre, elle avait une vue panoramique. Elle ne touchait pas le sol mais son visage était à deux centimètres du mien. Je la regardai contempler mon mobilier marron, mon lit couleur crème, la photo de ma famille au mur : mes parents et mes deux frères, désormais morts—mes parents de vieillesse, mes frères, à la guerre.

J'étais seul dans l'espace depuis si longtemps que la savoir près de moi apaisait une blessure dont je n'avais pas conscience.

Les émotions me submergèrent, j'enfouis mon visage dans son cou, l'enlaçai tendrement, je remerciai les dieux de me l'avoir envoyée. Tant d'années passées à faire taire mes sentiments. Je m'étais fait violence, j'avais refusé d'espérer. Elle était la clé. C'était un miracle. Elle m'avait percée à jour, je ne pouvais pas l'arrêter.

Je n'en avais pas envie. Je voulais tout partager avec elle.

Tout.

"Calder ? Tout va bien ?"

La question de Violet n'était qu'un murmure. Intime. Entre amants. Mon cœur qui fondait dans ma poitrine, faillit s'arrêter. La peine était incroyable, mais salvatrice.

"Oui mon amour. Tout va bien quand je suis avec toi. Je lui posai la main sur les fesses et la soulevai, pressant son corps contre mon sexe en érection. J'ai envie de toi. Si je commence à t'embrasser, je pourrai plus m'arrêter.

Son rire apaisé me mettait du baume au cœur, comme si elle branlait ma bite raidie. — Fais comme tu voudras, partenaire. Tu t'es occupé de moi à merveille.

Je n'avais rien fait pour mériter ses louanges. Pas encore. Gêné, je contemplai son visage bouleversé.

— J'ai rien fait pour mériter tant de reconnaissance.

Elle rayonnait.

— Tu as fait en sorte que je parle à ma sœur, tu as contraint la gardienne Egara à le faire. J'en avais besoin. Vraiment. Je suis si heureuse. Soulagée de savoir qu'elle va bien. Tu peux pas savoir l'importance que ça a. Elle leva son visage vers le mien, elle avait les larmes aux yeux. Embrasse-moi, Calder. Embrasse-moi. Fais-moi l'amour. Laisse-moi te rendre heureux.

Son intention était louable mais je restais figé.

— Tu te sens bien ? Tu t'es remise du transport ? Pas trop fatiguée après tout le plaisir que Zed et Axon t'ont procuré pendant que je travaillais ?

Elle secoua légèrement la tête.

— Ils ne m'ont rien fait.

Pardon ?

— Je dormais encore y'a trente minutes. Zed était déjà parti, Axon m'a dit de me doucher et d'enfiler cette jolie robe. Il a refusé de me toucher puisqu'il devait aller travailler. Il craignait ne plus pouvoir partir, si j'étais nue dans son lit."

Elle rougit.

Je connaissais ce sentiment, je comprenais Axon. Je me retenais pour la même raison, si je retirais sa robe Viken et qu'elle se retrouvait à poil, je ne pourrais plus m'arrêter jusqu'à ce qu'elle soit pleinement comblée, rassasiée, pleine de mon sperme. Dans sa bouche, son vagin, son cul, à sa guise.

"Tu n'as pas cédé à la tentation depuis la Terre ? Ça t'a pas manqué ?" demandai-je, abasourdi. Comment avait-elle fait pour résister au pouvoir du sperme aussi longtemps ? Elle avait l'air à bout, vu ses joues roses échauffées, son regard brillant de désir.

Elle secoua la tête.

"Non. J'en meurs d'envie, Calder. Je comprends pas pourquoi mais j'ai vraiment—

— T'as besoin de baiser, femme ?" demandai-je, en grondant. Je me sentais tout puissant, notre sperme était en mesure de combler le manque ressenti par ma partenaire. Viril. Violet avait besoin de moi, j'allais y remédier. C'était mon travail, mon devoir, mon privilège.

"Oui," murmura-t-elle, je la plaquai au mur, remontai sa robe sur ses hanches, je dévorai sa bouche sans lui laisser le temps de terminer cette simple syllabe.

Ma femme n'était pas timide, elle enroula ses jambes autour de ma taille, fourra ses mains dans mes cheveux, se cramponna à moi, exigeante. Elle en avait besoin.

Je glissai mes mains sur sa cuisse douce, excité de constater qu'elle était nue sous sa robe. Axon était un malin, il avait fait en sorte qu'elle soit nue après sa douche, que sa chatte soit facilement accessible. J'agrippai ses fesses, taquinai son anus, je savais qu'elle aimait ça.

Elle se cambra contre le mur, pressa ses fesses contre moi.

"Oui. Vas-y. Prends-moi. Possède-moi."

Je poussai un gémissement devant ces mots si attendus, je portai ma femme sur la table du coin déjeuner. Je m'en servais pour lire ou travailler, je prenais tous mes repas à la cafétéria. C'était la surface horizontale la plus proche du tiroir contenant le lubrifiant nécessaire pour huiler son passage étroit et lui donner du plaisir.

Je la posai afin de prendre le flacon, elle me surprit en enlevant ses ballerines et sa robe, qu'elle jeta à terre. Elle était nue, la perfection incarnée. Elle était époustouflante avec son regard impatient, son sourire radieux, ses tétons durcis, sa toison brune et bouclée entre ses cuisses et sa fente glissante entre ses jambes écartées.

"Tu veux me prendre comment ? Ici ?" Elle m'adressa un sourire taquin, se tourna et se pencha sur la table. Son cul tendu tel une offrande, ses seins pressés contre la surface dure. Ses cheveux retombaient sur son dos et sur la table telle une cascade soyeuse. Elle avait un corps de déesse, ses fesses rebondies dans ma direction, ses pieds bien à plat par terre.

Ma bite palpitait, ma semence s'écoulait de mon gland.

Ma voix était réduite à un grognement.

"Ecarte les jambes, femme. Je veux voir ta chatte humide."

Elle obéit sur le champ, écarta les jambes, je vis les lèvres roses glissantes de sa vulve et son cul vierge.

C'était comme dans un rêve. Une belle femme attentionnée et soumise. Je caressai son dos, ses hanches, effleurai ses courbes. Incapable de résister plus longtemps, je glissai deux doigts en elle et savourai son petit gémissement de plaisir. Je les sortis et appuyai sur un bouton ouvrant les stores de la fenêtre à proximité de la table. On voyait le jardin du palais d'un vert luxuriant, les montagnes vertes au loin. Les passants vaquaient à leurs occupations, personne ne prêtait attention à la fenêtre du bâtiment abritant les gardes, mais on *aurait* très bien pu la voir.

L'idée m'excitait, me plaisait. "Regarde-toi, tout le monde vaque à ses occupations. Ils n'ont qu'à tourner la tête pour te voir, voir comme t'es belle.

Elle gémit sans bouger, elle ne fit rien pour se couvrir. Je sentais sa mouille sur mes doigts.

On sonna à la porte, j'entendis une voix.

— Calder, c'est Axon. Laisse-moi entrer.

Violet prit appui sur ses mains, ses seins décollèrent de la table tandis qu'elle regardait la porte. Je l'immobilisai en posant ma main sur son dos.

— Ne bouge pas, femme. Montre à Axon comme t'es excitée, tu permets à tout Viken United de te voir."

Je le reconnaissais bien, dominateur mais heureux qu'on voit ma femme. Il aimait que tout le monde voie sa chatte humide, son envie de ma bite. J'allais lui donner du plaisir. Ils allaient l'entendre crier, ils sauraient qu'on prenait bien soin d'elle.

J'allais ouvrir.

Axon entra sans me regarder, uniquement concentré sur Violet.

"Putain, siffla-t-il en empoignant sa bite à pleine

main. Impossible d'aller bosser. Violet passe avant tout. Il se dirigea vers elle, glissa sa main dans ses cheveux et les ôta de devant son visage. Je vois que t'es en manque. Calder s'occupe bien de toi ?

Elle acquiesça, elle savourait sa caresse.

— Assieds-toi et regarde, Axon. Regarde ta femme se faire sodomiser pour la première fois. Regarde-la jouir."

Le désir se lisait dans le regard d'Axon, non pas parce que j'allais la tringler, mais parce que notre femme allait se faire mettre. Etant originaire du Secteur Un, j'aimais regarder et qu'on me regarde, Axon n'était pas un timide au lit. S'il fallait combler notre femme, il n'hésiterait pas. Du moins avec Zed et moi. Aucun de nous ne permettrait que quiconque ait des idées scabreuses envers notre épouse.

Axon s'empara de la chaise rangée contre la table, recula dans la pièce à vivre et s'assit pour mieux voir. Ses jambes allongées devant lui, il se branlait à travers son froc. Il ne quittait pas la chatte de Violet des yeux.

"Tu mouilles pour lui, parce qu'on te regarde, n'est-ce pas, femme ? demanda-t-il.

— Oui, s'il te plaît, Calder, gémit-elle.

— Elle supplie bien, n'est-ce pas Axon ? demandai-je, excité à l'idée de partager tant de beauté.

Je masturbai son clitoris, j'admirai son corps ployer sous la caresse.

— Oui. Elle frémit, je la récompensai, j'enfouis ma main dans mon pantalon et branlai mon gland, récoltant des gouttes de sperme sur mes doigts.

Je la doigtai, je branlai son clitoris, j'enduisis son orifice vierge de ma substance et comptai. Anxieux. Pressé. Dans l'expectative.

Une seconde, deux secondes.

Elle poussa un gémissement, sa chatte se contracta sur mes doigts. Elle jouit, son corps était parcouru de soubresauts tandis que la substance contenue dans mon sperme se propageait dans son corps, elle m'appartenait. Elle me désirait. Mes caresses. Ma bite. Mon sperme. Ça renforcerait son désir mais ne faciliterait pas pour autant ma pénétration dans son orifice étroit.

"Calder." Mon prénom. C'est tout ce qu'elle dit. Elle n'avait besoin de rien d'autre en s'empalant sur mon doigt. Je pris le flacon de lubrifiant et enduisis son anus, son corps était agité par les soubresauts de l'orgasme faiblissant, je la pénétrai de plus en plus profondément tandis qu'elle se contorsionnait et s'aplatissait sur ma table, je m'assurais de bien préparer le terrain.

"Je vais te baiser par-là, femme. Pendant qu'Axon regardera.

— Oui. S'il te plait. Dépêche-toi. Son anus se contracta sur mon doigt, je poussai un grognement, imaginant la scène sur mon membre raidi. Si étroite. Toute chaude.

— Je vais pas me presser. J'ai pas envie de te faire mal.

Elle se tortilla, s'agita en signe de protestation lorsque j'ôtai mes mains de son corps afin d'appliquer du lubrifiant.

— Je m'en fiche.

Ma main s'abattit sur ses fesses avec un claquement net, elle sursauta. Choquée. Parfait.

— C'est moi qui commande. J'ai pas envie de te faire mal. Jamais. T'as compris ?

Elle posa ses mains bien à plat sur la table et s'agrippa au bord. Elle se tenait.

— Je m'en fiche. Baise-moi, Calder. J'en ai envie. J'ai envie de toi.

Je lui donnai une autre fessée. Et une autre. Elle gémit tandis que ses fesses rougissaient, mais pas de douleur. Sa chatte dégoulinait, ses cuisses étaient trempées.

— Zed avait raison. T'aime ça, hein ? Tu veux que je te frappe, femme ? Tu veux avoir le cul en feu ?

Elle secoua la tête, ses cheveux ébouriffés tombaient sur ses épaules.

— Je sais pas. J'ai juste ... envie de toi. Mon dieu. Je t'en supplie."

Ses jambes tremblaient. Sa voix oscillait entre supplique et aveu. Elle agrippait la table sur un rythme hypnotique qui l'aidait à garder son calme.

Mais je n'avais pas envie qu'elle se calme. Je voulais qu'elle se lâche.

Je vidai le flacon de lubrifiant sur ses fesses, ignorant ses gémissements de plaisir tandis que j'introduisais la substance dans son orifice vierge. J'allais la sauter selon ses envies mais je ne voulais pas lui faire mal. Elle serait toute glissante, je la dilaterais sans douleur.

Quand elle fût prête, je me déshabillai et jetai mes vêtements par terre.

"Tu es prête, femme ?

— Oui." Elle ondula des hanches, faisant saillir ses fesses. Mais je n'allais pas la sauter maintenant, pas encore.

Je récoltai la semence s'écoulant de ma bite, glissai ma main sous elle et enduisit son clitoris de substance. Elle s'arcbouta, ses gémissements se muèrent en grognements.

"Ouvre les yeux, regarde tout ce monde dehors. Tu

vois que tout le monde te regarde ? Qu'ils entendent tes cris de plaisir ?"

Je ne perdis pas de temps, glissai ma verge dans sa chatte trempée d'un coup d'un seul et la pénétrai profondément. Je me cognais contre son utérus. Je tenais son sexe bien écarté en empoignant ses fesses, m'assurant de la pénétrer jusqu'à la garde.

Je me retirai. La pilonnai de nouveau. Elle était épuisée, mon cœur battait à tout rompre en entendant ses cris, elle s'abandonnait.

C'était la plus belle femme que j'aie jamais rencontrée, je ne la quitterais jamais. Je ne m'en irais jamais. Elle était à moi.

Lorsque sa chatte arrêta de palpiter, je me retirai et glissai deux doigts dans son cul. Puis trois. Elle poussa un cri, s'empala, je m'enfonçai plus profondément tandis qu'elle se dilatait.

Je retirai mes doigts et plaçai ma bite devant son orifice, je la pénétrai afin qu'elle sente mon gland déflorer son orifice vierge. Doucement, lentement.

"C'est ta dernière chance de refuser, mon amour. Si tu dis non, je patienterai.

Elle remua la tête.

— J'ai pas envie d'attendre. Elle contracta ses jambes, fit levier pour s'empaler, je la plaquai contre la table en posant fermement ma main sur ses reins.

— C'est moi qui commande."

Elle hocha la tête, ses jambes se détendirent, je lui administrai une fessée de ma main libre, elle avait osé me défier et fait preuve d'impatience. Son orifice palpitait en guise de réponse, elle s'ouvrait peu à peu, m'attirait en elle.

Mon gland en forme de chapeau de champignon franchit son orifice avec un 'pop' silencieux, nous gémîmes à l'unisson tandis que je la pénétrais.

Je prenais mon temps, la sueur coulait sur mes sourcils, j'étais tendu comme un arc alors que je me frayais un passage. Une fois suffisamment détendue pour que je la pénètre doucement jusqu'au bout, un orgasme menaça de déferler, ma verge palpitait, je n'allais pas tarder à éjaculer.

Je me retins en serrant les dents. Son corps se cambra, ses pieds décollèrent du sol, elle les enroula autour de mes cuisses pour me maintenir en elle tandis que les parois de son anus se contractèrent, en proie à un autre orgasme. Mon sperme ultra-puissant était à l'œuvre. Je la faisais jouir. Son corps n'était que désir. Envie. Besoin. Pour moi.

Et moi seul.

Mais c'était faux. Son corps contenait encore le sperme de Zed et Axon lorsqu'on l'avait baisée sur Terre. Ils avaient imprimé leur marque. Leur plaisir.

Ce souvenir occulta brièvement mes pensées, mais ses gémissements de plaisir allant crescendo me rappelèrent mes obligations. Son cul se contractait sur ma bite au fur et à mesure qu'elle prenait du plaisir, je me lâchai, la pilonnai doucement, avant d'éjaculer en elle.

Mon sperme lui fit voir les étoiles, ses cris étaient une douce musique à mes oreilles, j'avais envie de me tambouriner sur la poitrine, preuve d'un bonheur primitif. J'avais fait jouir ma femme. Je lui avais donné du plaisir. Elle était à moi. Je ressentis un plaisir absolu tandis que mon sperme s'écoulait en elle, la remplissait, la marquait.

J'étais partagé. Elle m'appartenait. Mais ce cadeau du ciel n'était pas qu'à moi. Sa peau, ses petits cris, l'odeur de sa chatte humide ou son amour pour le sexe n'était pas à moi et à moi seul. Elle le partageait avec d'autres. Avec Zed et Axon.

J'étais avide. Possessif. Égoïste.

Je voulais pas la laisser.

Je me retirai doucement, Axon avança, pantalon baissé, bite à l'air.

— A mon tour.

— Axon, ma chatte. Prends ma chatte, gémit Violet. J'ai besoin de toi."

Je reculai, m'installai dans la chaise, la bite encore en érection, je savais que je ne la laisserai jamais tomber. Axon l'allongea doucement sur le dos, elle passa ses jambes autour de sa taille tandis qu'il s'enfonçait de tout son long dans sa chatte dégoulinante. Je devais lui permettre d'obtenir ce dont elle avait besoin. Non pas que je ne lui suffise pas, mais elle n'en avait jamais *assez*.

8

iolet, Salon Privé de la Reine, Viken United

"Je suis vraiment contente que vous soyez là. Bella est une Épouse Interstellaire originaire de Terre mais elle vit avec ses époux sur l'IQC et je la vois rarement."

Leah était tout sourire, très contente de me rencontrer —elle m'avait demandé, en privé, de l'appeler par son prénom sans s'encombrer de son titre. Une reine. Oui, une vraie reine ! Je doutais que ses époux la tiennent à l'écart des autres femmes, mais d'après ses dires, rencontrer quelqu'un originaire de Terre était chose rare. Ce n'était pas *n'importe qui* sur Viken. Elle était reine. La femme qui avait donné naissance à une enfant qui régnerait sur le pays et contrôlerait tous les secteurs.

C'est ce qu'Axon m'avait appris en m'escortant au palais, je connaissais un peu son histoire, ça m'éviterait de passer pour une idiote.

"Je vais avoir besoin d'un peu de temps pour prendre mes marques," avouai-je à Leah.

Calder et Axon m'avaient baisée consciencieusement, m'avait aidée à me laver mais refusaient que je me douche. Vu leur regard viril et satisfait, ils avaient apparemment plaisir à ce que tout le monde sache que je portais la marque de leur sperme.

Je ne voulais pas aborder la question des bébés mais—

"Oh mon Dieu," lançai-je.

Leah se figea, alarmée. Les gardes postés devant la porte avancèrent. Je levai la main en signe d'apaisement. "Excusez-moi, tout va bien. Je viens juste de m'apercevoir de quelque chose.

Leah haussa les sourcils, elle attendait. Une vraie reine.

Je m'approchai d'elle.

— Il se pourrait que je sois enceinte, murmurai-je.

Elle sourit.

—Cinq minutes ont suffi, en ce qui me concerne.

Je restai bouche bée et posai les mains sur mon ventre plat.

— Je prends la pilule.

— Ce n'est plus le cas.

Elle vit que je paniquais—trois maris constituait déjà un énorme bouleversement, du moins pour le moment—elle posa sa main sur mon bras. "Allez au dispensaire, ils vous feront une piqûre, comme chez nous. Elle se racla la gorge et rougit. Je parlais de la Terre, bien entendu. Elle regarda autour d'elle. Ne dites jamais ça à personne.

Je la regardai d'un air perplexe.

— À quel sujet ? La contraception ?

— Non, j'ai dit que la Terre c'était 'chez moi'. Ce n'est pas le cas. J'habite sur Viken. J'ai failli oublier. Mes fesses en font d'ailleurs les frais.

Je bafouillai et éclatai de rire.

— Vous avez droit à la fessée vous aussi ?

Nous nous dévisageâmes et éclatâmes de rire, on pleurait littéralement.

— Venez, je vais vous faire visiter." Elle me prit le bras, on sortit du salon pour se diriger vers un immense couloir. Les gardes nous suivaient à distance respectable. C'était ce que faisaient Axon et Calder ? Leur présence ne m'aurait pas gênée. Mais j'avais pas envie qu'il m'entende parler de ... trucs de filles. J'étais pas sûre qu'ils comprendraient, ou du moins, pas encore. Je ne les connaissais pour ainsi dire pas.

"Vous avez ... mis du temps à apprendre à connaître vos partenaires ? Mes trois époux se montrent très ... empressés, avouai-je.

— Tous les combattants de la Coalition ont le droit de se marier ; lorsqu'ils trouvent une partenaire grâce au Programme des Epouses, ils se montrent effectivement *très* empressés.

— Mais les miens n'ont pas effectué le test ensemble. Ils ne se connaissaient même pas."

Un garde nous ouvrit la porte, nous sortîmes sur un balcon qui s'étendait sur toute la longueur du palais. La vue était exceptionnelle, on voyait tout Viken United—du moins le supposai-je.

Je repensais à la fenêtre lorsque Kader m'avez baisée, il était fort possible qu'on nous ait vu. Ça m'avait excitée —encore plus—j'avais joui violemment. Je mouillais à l'idée de me faire prendre et posséder sur ce balcon avec des gens qui pourraient me voir, voir ce qu'on était en train de faire. Je m'agitais en agrippant l'imposant garde-corps.

"Mes époux sont des frères, des triplés, ils ne s'étaient jamais rencontrés avant de m'épouser. La transition n'a pas été facile. Et pour répondre à vos questions, non. Ça n'a pas été difficile, mais il a fallu du *temps*. Faites preuve de patience.

Je contemplais les bâtiments, leur architecture se mêlait à la nature, en faisait partie intégrante.

— Mais on a ... couché ensemble. Comme des bêtes. Ils sont venus chez moi en Floride et j'ai couché avec eux sur le canapé.

Je rougis à l'évocation de ce souvenir.

— Oubliez votre honte purement terrienne. Ça n'a rien à voir. Il n'y a aucune comparaison possible entre nos maris et les mecs sur Terre. Ils adorent le sexe, c'est leur façon à eux de prouver leur affection. Et ils sont très doués. Elle m'adressa un clin d'œil. Je suppose que vous n'avez pas à vous plaindre des vôtres, vous êtes toute rouge. Ce sperme ultra-puissant est de la bombe.

Je me mordis la lèvre.

—J'aimerais que vous m'en disiez plus."

C'est ce qu'elle fit, elle me raconta sans détours que ses trois maris étaient hyper chauds, surtout avec les femmes provenant de planètes comme la Terre, pas génétiquement prédisposées pour. On aurait pu comparer ça à manger des fruits de mer crus dans un pays du tiers monde. Je serais tombée malade, mais ceux vivant là-bas seraient habitués et n'en ressentiraient pas les effets.

"Ne vous inquiétez pas, ça va se tasser. Vous désirerez

toujours vos époux, vous aurez envie d'eux mais pas à cause de leur fameux sperme. C'est juste histoire de ... briser la glace.

— Ok. Merci.

— Parlez-moi de vous. Que faisiez-vous sur Terre ? Moi, j'étais une étudiante orpheline, j'ai succombé au charme d'un séduisant promoteur.

— Comment cela s'est-il passé ? Comment avez-vous atterri ici ?

Leah soupira, une certaine tristesse se lisait dans ses yeux. De l'histoire ancienne. Elle avait réussi à se dépasser et était devenue reine.

— Sa fortune provenait de la drogue, ses associés étaient véreux, il s'est mis à me battre dès le début de notre mariage.

— Oh, mon dieu. Je suis désolée.

Elle se mit à rire.

— Pas moi. Regardez où ça m'a menée. Je suis devenue reine, j'ai une magnifique petite fille et trois superbes guerriers qui m'aiment et me protègent. Elle se pencha et me regarda droit dans les yeux. La vie est dure. Belle. Compliquée. Douloureuse. Parfaite. Je ne la changerais pour rien au monde. Et vous ?

Je ne savais pas quoi dire. Je n'étais sûre de rien, je décidai de revenir à un sujet plus terre à terre.

— Je voulais être architecte mais mes notes ne m'ont pas permis de poursuivre. Je me suis orientée vers une école de commerce. Je travaillais chez des architectes, je bossais sur Autocad, je dessinais des plans sur ordinateur.

Leah fut tout d'abord surprise, puis contente.

— Oh, super, vous allez vous régaler ici. Que pensez-vous de l'architecture de Viken United ?" Elle leva le bras et indiqua le paysage s'étendant par-delà le garde-corps.

Je contemplai le panorama, pris le temps d'examiner les bâtiments. Le palais en lui-même était un étrange mélange de tours style Tudor et de placages en pierre, de moulures et d'arcs-boutants baroques, de fioritures très théâtrales, avec des réminiscences de Rome antique. Nous étions dans Viken United intra-muros, lieu emblématique où les trois rois et leurs représentants œuvraient pour diriger la planète. Les murs d'enceinte qui protégeaient la petite ville étaient solides et sans tralala, on se serait cru dans un film de science-fiction, contrastant totalement avec les magnifiques édifices.

"C'est superbe. J'adore le style, cette variété architecturale.

— J'adore voir ma femme heureuse."

Nous pivotâmes en entendant Zed. Il salua Leah et me sourit. Trois hommes grands et identiques l'accompagnaient. Leurs coupes de cheveux et leurs attitudes différaient mais on voyait qu'ils étaient frères. Quand on en avait vu un, on avait vu les trois. Ce devait être les trois rois. Des triplés identiques. Les époux de Leah.

On fit les présentations, je les saluai de mon mieux, bien que ce soit tout nouveau pour moi. Ils étaient jeunes, mon âge, c'était bizarre. C'était moi l'intruse, je ne voulais pas mettre Zed dans l'embarras.

"Je pense que votre mari a besoin de vous. Merci de votre visite," dit Leah en souriant.

Je souris, je savais à quoi elle pensait. Zed *avait envie* de moi, elle ne risquait pas de nous en empêcher.

Z<small>ED</small>

Ç<small>A FAISAIT DU BIEN DE VOIR</small> V<small>IOLET RIRE ET SOURIRE AVEC</small> la reine. Avec une autre femme de sa planète. Elles deviendraient vite amies ; la Reine Leah était une femme adorable, quoique ... audacieuse. Téméraire. Leurs tempéraments étaient similaires, j'étais persuadé qu'on allait bien s'entendre entre nous, six hommes mariés à ces deux Terriennes.

Leur première rencontre avait duré une heure environ, il était temps que Violet finisse sur mes genoux avec une bonne fessée. Elle adorait ça. Vraiment.

Une heure passée loin de ses maris suffisait amplement. Axon, Calder et moi étions conscients de son *envie* de baiser, grâce au fameux pouvoir du sperme. J'avais compris à la seconde-même où elle nous avait ouvert la porte de chez elle sur Terre qu'elle serait une amante passionnée, mais son désir dépassait l'entendement. Pour le moment du moins.

Le pouvoir du sperme était puissant, il créait un lien basé sur la nécessité d'être *ensemble*. Nus. Proches. L'homme *pénétrant* sa femme.

Le sentiment faiblissait en général après le mariage officiel, mais ça ne concernait, jusqu'à encore récemment, qu'un seul homme. A l'image de la Reine Leah, nous étions trois à remplir Violet de sperme. On devait s'occuper d'elle d'autant plus, lui prodiguer encore plus d'attention ... et de baise. On n'allait pas se plaindre parce qu'elle aimait nos bites. Nos doigts, nos bouches.

Je prenais conscience que je pensais 'nos' et pas 'ma', ce concept des trois époux était finalement une bonne chose. C'était à mon tour de veiller sur elle, de la chaperonner, de la protéger et de satisfaire ses moindres désirs.

Vu ses joues rouges et ses tétons durcis que j'apercevais sous sa robe souple, ses besoins étaient clairement sexuels.

Je m'inclinai pour saluer la reine et lui tendis la main. Violet la saisit immédiatement, je l'entraînai à ma suite en bloquant sa main dans le pli de mon coude.

"Tu as passé un bon moment ? demandai-je.

— Oui, excellent.

— Tu as parlé de tes études d'architecture et de ton travail.

— Oui, c'était mon métier sur Terre."

Je la regardais, elle était fière de son travail, tout comme moi avec la Coalition, lorsque j'étais basé sur l'IQC et maintenant, installé à Viken United.

"On poursuivra dans cette voie lorsque tu auras pris tes marques et tes habitudes.

Elle ralentit et me regarda les yeux ronds.

— Pour de bon ?

Je la regardai d'un air interrogateur.

—Pourquoi pas ?

— Leah ne travaille pas parce qu'elle a un enfant. Le deuxième ne devrait pas tarder.

Oui, ses quatre parents la portaient aux nues, je supposais que la Princesse Alayna aurait incessamment un frère ou une sœur.

— La Reine Leah n'a rien à voir avec toi. Elle travaille. Elle ne reste pas sans rien faire. Son rôle est de gouverner son peuple, d'élever la princesse pour qu'elle devienne une future reine.

—Oui mais ...

Je levai son menton, j'attendais qu'elle me regarde.

—Qu'est-ce qu'il y a ?

Elle se lécha les lèvres, ma verge palpita.

—Elle m'a dit être tombée enceinte immédiatement. J'ai envie d'un enfant, mais pas *tout de suite.*"

Ah. On l'avait sautée en beauté. Il y avait de fortes chances qu'elle soit enceinte. De nombreuses femmes Viken attendaient avant de fonder une famille. D'autres laissaient faire la nature, une grossesse à très court terme était fort envisageable grâce à notre sperme ultra-puissant.

"J'étais sous contraceptif sur Terre, mais c'est plus le cas. Ma dernière plaquette de pilules remonte littéralement à des années-lumière de Viken.

Elle s'inquiétait. Ça se sentait dans sa voix, dans son corps tendu. Elle n'était pas prête. Et moi non plus par conséquent. En outre, je devais la partager avec Axon et Calder. Un bébé affaiblirait forcément ma position au sein du groupe.

Je repris ma marche, à bonne allure.

"Où va-t-on ? demanda-t-elle en accélérant l'allure afin de rester à ma hauteur. Je ralentis légèrement.

— Au dispensaire pour ta contraception. Si tel est ton choix.

— Mais pourquoi marcher à une telle allure ? demanda-t-elle, essoufflée.

— Parce plus vite ce sera fait—je la regardai, tandis que nous sortions du palais— plus vite je te coincerai dans un couloir isolé ou je ne sais où pour te tringler."

La visite chez le docteur n'excéda pas cinq minutes. Un examen rapide avec une baguette nous rassura quant à l'absence de grossesse de Violet, ils lui injectèrent un contraceptif. On nous informa que l'intervention était totalement réversible, le médecin avait momentanément soulagé les angoisses de Violet.

Le médecin sortit du cabinet, je pris la main de violette et la gardai dans la mienne. Elle me regarda d'un air interrogateur.

"Soulève ta robe. Montre-moi ta chatte.

Elle regarda autour d'elle, nous étions seuls, la porte était fermée.

—Ici ?

Je hochai imperceptiblement la tête et croisai les bras.

Elle avala péniblement.

— Quelqu'un pourrait entrer.

Elle était nerveuse et excitée. Le rouge lui montait aux joues, ses tétons pointaient sous sa robe.

— Effectivement, mais j'ai comme l'impression que le médecin ne nous dérangera pas.

Elle poussa un cri.

— Ils vont croire qu'on—

Je levai la main, lui sommant de se taire.

— C'est pas toi qui commande ici. C'est moi.

Je m'approchai et caressai son visage.

— Je ne ferai rien qui te mette en danger, qui te fasse sentir mal à l'aise ou te gêne. Je vais te faire sortir de ta zone de confort, te tester et voir ce qui t'excite. Si tu n'adhères pas, si ça t'effraie vraiment, j'arrêterai immédiatement.

— Pour de bon ?

— Femme, me suis-je comporté comme une brute jusqu'à présent ?

Elle prit le temps de réfléchir.

— Pas du tout. Mais que vont penser les médecins et les techniciens ?

— Que je suis un guerrier qui a de la chance de t'avoir pour femme."

Elle me regarda affectueusement en souriant, se mit sur la pointe des pieds et m'embrassa tendrement. Je l'enlaçai, elle était toute douce contre mon corps massif. Ses lèvres s'entrouvrirent, j'enfouis ma langue dans sa bouche. J'étais dominateur, mais pas constamment. Je pouvais très bien me laisser aller, succomber à ses caresses, son goût, son odeur. À tout.

Je reculai et appuyai mon front contre le sien.

"Ah, femme, tu m'ensorcelles."

Elle sourit, ses lèvres étaient gonflées et humides. Il était temps que je reprenne mon sang-froid. Je reculai, croisai de nouveau les bras sur ma poitrine. Je fronçai les sourcils et pris ma grosse voix.

"Soulève ta robe Violet, montre-moi ta jolie chatte."

J'attendais qu'elle retire sa robe en la faisant passer par-dessus sa tête. Je lui fis un clin d'œil, mi-sérieux, mi-amusé. Elle comprit en l'espace de quelques secondes que ce n'était qu'un jeu.

Ses doigts s'enfoncèrent dans le tissu vaporeux, elle remonta très lentement sa robe jusqu'à la taille. Je m'approchai, une fois sa chatte bien visible.

"Aucune trace de sperme entre tes jambes ? Axon et Calder ne t'ont pas procuré ce dont tu avais besoin ?

Elle poussa un cri.

— J'allais tout de même pas baiser comme une

sauvage et rencontrer la reine toute dépenaillée." L'idée-même la gênait fortement, ça me convenait. Je ne comprenais pas vraiment ce qu'elle venait de dire mais captai de quoi il s'agissait. Baiser comme des sauvages, ça, par contre j'avais bien compris, ça me rendait fou.

"Ils t'ont baisée, femme ? Dis-moi ce qu'ils t'ont fait."
J'avançai et la plaquai contre le mur, je la soulevai, elle enroula ses jambes autour de ma taille. Je reculai de manière à me dégager un minimum et la pénétrai d'un coup d'un seul. Profondément. Jusqu'à la garde.

"Zed, souffla-t-elle, elle haletait dans mon cou.
—Je t'écoute. Elle frissonna lorsque je pris le lobe de son oreille entre mes dents.
—Axon nous regardait." Les muscles de son vagin se contractaient sur ma bite à l'évocation de ce souvenir, son corps réagissait, m'accueillait. J'ignorais ce qu'ils lui avaient fait mais elle avait envie de sexe.

"Il regardait ? Que t'a fait Calder, ma beauté ? Il t'a sodomisée ? T'as joui ?
— Oui."

Je me retirai et m'enfonçai profondément, je caressai ses fesses douces et glissai deux doigts en elle. Elle gémit et pencha la tête en arrière, les yeux fermés. J'étais sur le point de jouir. Comme ça. D'un seul coup de bassin.

"T'as aimé ? T'as hurlé ? Tu as crié mon nom ?
— Je sais pas. Je me souviens pas." Elle chuchotait, ses paroles étaient presque inaudibles. Sa tête oscillait de droite à gauche, je fourrai mes mains dans ses longs cheveux soyeux et l'immobilisai tout en la pilonnant, je titillai son anus, je dévorai sa bouche en l'embrassant sauvagement. Elle était avec moi. A moi. Ce qu'elle avait partagé avec les autres faisait partie de moi. Elle allait me

le donner. Avouer ses sentiments, me dire ce qu'elle voulait. Prendre mon sperme et hurler de plaisir.

A moi.

Elle était toute glissante, excitée, son vagin était plein du sperme des deux autres. Elle était parfaite, toute chaude et étroite.

"Zed."

Ma bite et mes doigts effectuaient des mouvements de va et vient, je la pilonnai, je me retins tandis que la semence enduisait les parois de son vagin, elle avait le diable au corps. Elle ne savait plus où elle en était. Elle gémissait. Elle n'en pouvait plus. Elle enfonçait ses petits doigts dans mon dos, dans mes cheveux, elle me suppliait d'accélérer l'allure sans mot dire. Plus vite. Pour qu'elle jouisse.

Elle gémit, je regardai son visage, subjugué par la beauté de cette femme qui se donnait à moi. Elle aurait pu être à moi pour toujours si les autres ne lui tournaient pas autour. Elle nous appartenait à tous les trois. Elle avait besoin de nous trois. J'avais vraiment envie qu'elle m'appartienne à moi et à moi seul mais la voir baiser avec les autres, sachant que ça lui plaisait, connaissant nos besoins réciproques, me remplissait de joie. J'étais heureux.

Ses couinements se muèrent en gémissements, elle enfonça ses ongles dans mes épaules, je les sentis à travers mon uniforme. Je me repaissais de la douleur, preuve de son désir.

"Tu veux que je continue, femme ?

Oui monsieur."

Je me lâchai pour de bon. *Monsieur*. Elle était douce et soumise, ne se rendait pas compte de son pouvoir.

Je la pilonnai à toute allure et sauvagement, je m'emparai de sa bouche, enfouissant ma langue le plus profondément possible. Mon sperme gicla dans son vagin torride, j'étouffai son cri, elle s'arcbouta, frémit, hors d'elle. Le pouvoir du sperme me lierait à elle, elle ne pourrait plus se passer de moi.

Par tous les dieux, j'espérais qu'elle avait envie de continuer, j'étais insatiable.

Epuisé, je la tenais plaquée contre le mur, ma bite toujours enfoncée en elle, tandis que nous reprenions notre souffle.

" Zed, j'ai pas envie de choisir," avoua-t-elle en chuchotant dans mon cou, elle avait passé ses bras autour de ma nuque, ce geste sensuel n'était ni plus ni moins qu'une caresse. Cette caresse féminine me donnait le frisson, j'avais le cœur lourd, ça ne m'était jamais arrivé.

C'était douloureux mais j'avais envie que cette douleur dure éternellement. C'était ça, l'amour. Forcément.

"Je sais mon amour. On va y réfléchir."

Ses larmes salées coulèrent sur cette nouvelle cicatrice qui me fendait le cœur, la confiance qu'elle me témoignait était déchirante. Elle nous offrait son cœur sur un plateau d'argent et cet idiot de Calder était trop stupide pour le prendre, ne l'appréciait pas à sa juste valeur.

Je m'écartai et rangeai mon sexe à sa place, dans mon pantalon, je fis le serment de mettre du plomb dans la tête de ce guerrier buté, c'était tout ce qu'il méritait. Axon ne posait pas problème. Il avait compris bien avant tout le monde ce que signifiait fonder une famille, à quatre.

Je m'étais montré arrogant et égoïste lors de notre

rencontre. Elle donnait libre cours à ses larmes, témoignant que nous lui avions fait de peine, mais je me rendis compte qu'elle ne pleurait pas à cause de nous, mais sur elle.

Elle s'était mariée à nous trois.

Le protocole des épouses lui aurait choisi un seul mari si ça lui avait suffi.

Je l'aidai à enfiler sa robe, secrètement ravi de voir mon sperme couler sur ses cuisses, sa peau sentait mon odeur. Elle se réfugia dans mes bras vigoureux, je l'enlaçai, elle se blottit contre moi. Ses larmes baignaient ma peau à travers la chemise de mon uniforme, je les accueillis comme un témoignage honorifique, une marque de confiance.

Elle était à moi, je ne l'abandonnerais pas.

Si elle avait besoin d'Axon et de Calder, je ferais en sorte qu'elle parvienne à ses fins. D'une manière ou d'une autre. Son bonheur passait avant tout.

Je la gardai de longues minutes dans mes bras, j'étais content de la garder contre moi, loin du bruit et du tumulte.

Lorsqu'on frappa à la porte, mon premier réflexe fut d'ignorer mais Violet se raidit, l'instant magique était rompu.

9

iolet

"Oui ?

La porte coulissa, un membre de l'équipe médicale s'inclina jusqu'à la taille.

—Pardon de vous interrompre, monsieur. Madame."

L'infirmière, dont j'ignorais le nom, était fort agréable. Un peu plus grande que moi. Large d'épaules, elle portait l'uniforme médical vert mais son brassard était rouge, identique à celui des mecs.

En admettant qu'elle ait eu une vague idée de ce que nous avions fait dans la salle d'examen, elle ne le montra pas. Tant mieux parce que quelques minutes plus tôt, j'étais en train de mourir de plaisir pendant que Zed me baisait contre le mur, je m'étais mise à pleurer à chaudes larmes. Je ne savais pas ce qui m'arrivait exactement. J'étais épuisée, comblée, perdue, fatiguée, contente. Tout en même temps. Je commençais à ressentir le stress avec Mindy, le transport, j'avais eu plus d'orgasmes en quelques heures qu'en l'espace d'une *année*. J'avais mal partout, on m'aimait, j'étais *vivante*. Je me sentais vivante, vraiment vivante, pour la première fois depuis tant d'années.

Mes époux me demandaient de les départager. De choisir entre eux trois. J'avais l'impression qu'on m'enfonçait un poignard dans le ventre.

"J'ai une communication urgente en provenance de l'IQC de Trion pour Violet Nichols, épouse de Zed, Axon et Calder, Gardes d'Elite de la Famille Royale. Une communication de la plus grande importance."

Zed prit ma main, me fit sortir de la salle et m'entraîna dans le dispensaire. J'aperçus des affichages, des écrans, des ordinateurs et des données que je ne comprenais pas. Des pièces semblables à celle dont nous étions sortis étaient disposées en cercle au cœur même du dispensaire, j'ignorais combien d'entre elles était occupées.

Trion ? Une urgence ?

"Mindy ? Mindy a un problème ?" J'avais la gorge nouée, heureusement qu'il me tenait en main. J'oubliai mes petits problèmes personnels insignifiants. Mindy était plus importante que mon arrivée dans ce nouveau monde, que ces trois hommes disposés à se plier apparemment en quatre pour moi. Oui, c'était le cadet de mes soucis.

Mon dieu. Il était arrivé quelque chose à Mindy ?

"Communication établie," dit l'infirmière en s'approchant du pupitre de contrôle. J'ignorais comment prendre la communication—mais je savais au moins à quoi ça ressemblait puisque je m'en étais déjà servi au centre de Recrutement des Épouses à Miami.

Zed fixait un mur, je regardai dans la même direction.

Ses mains voletaient sur l'un des pupitres, un des écrans comportant les constantes des patients s'obscurcit cinq petites secondes.

Le Général Goran, le mari de ma sœur, apparut à l'écran. La dernière fois que je l'avais vu, il était heureux, amoureux de sa femme, c'était désormais un homme brisé. Épuisé. Couvert de poussière et de sang. La pièce derrière lui semblait avoir été dévastée par une explosion.

"Ma sœur, je suis sincèrement désolé mais j'ai de mauvaises nouvelles à t'annoncer.

— Où est-elle ? Où est Mindy ? Comment va-t-elle ? Je débitais mes questions tout à trac, sans lui laisser le temps de répondre. Il leva les mains, paumes tendues vers moi, pour que je me calme.

— Ma femme chérie a été blessée, mais elle s'en remettra. On est en train de la soigner dans un caisson ReGen.

Je regardai Zed.

—Un caisson ? C'est quoi ? J'imaginais Mindy dans une espèce de cercueil extraterrestre, je me mis à trembler.

— Ce caisson accélère la guérison. Zed s'exprimait d'une voix grave. Trop douce. Comme pour s'excuser.

— Accélérer la guérison de quoi ? Je me tournai vers le mari de ma sœur jumelle. Qu'est-il arrivé à Mindy ?

Le regard de Goran s'obscurcit, non pas d'une lueur sexy, ou teintée d'émotion mais devint mortel et impitoyable, prédateur.

— Un assassin a fait irruption quelques instants avant que le Grand Conseiller Tark n'annonce l'ordre du jour.

Je sentais mon sang pulser si fort dans ma tête que je n'entendais presque plus ce qu'il disait.

— Un assassin ? Pourquoi tuer ma sœur ?

— Parce qu'elle m'appartient. Je suis le général chargé des armées du Grand Conseiller. Agresser ma femme vise à me discréditer auprès des autres dirigeants, prouver que Tark est faible, incapable de protéger son peuple.

Goran avait la décence de paraître mal à l'aise. Si j'avais pu, j'aurais bondi à travers l'écran pour l'étrangler.

—Et donc ?

J'étais à deux doigts de crier, mais ma voix était incroyablement douce. Si je me mettais à lui crier dessus, je ne pourrais plus m'arrêter. Je lui crachais une menace en pleine figure.

— C'est sa femme qu'ils auraient dû tuer. Pas la tienne.

Goran poussa un soupir lourd de sens, qui déferla sur moi tel un trente-trois tonnes.

— Eva, la femme du Grand Conseiller, va accoucher de leur fils et héritier d'ici quelques jours.

— Et alors, ma sœur était présente à votre réunion ? Pourquoi ? Pour la remplacer ? Pour quoi faire ? Elle fait partie du Conseil ? Je ne comprends pas.

— Je suis fier de ma femme, Violet. Ta sœur est belle, forte, fidèle et docile. Son consentement, devant autrui, envoie un message fort au Conseil et à mes ennemis.

J'allais me mettre à hurler. Ça montait, Zed posa sa main sur ma nuque. Sa main apaisante me calma. Me soulagea. Me rappela que je n'étais pas seule, que je ne serais plus jamais seule.

—T'as voulu frimer, et Mindy s'est retrouvée au beau milieu des tirs.

Goran baissa la tête, sa peine était si forte que je la sentais presque par écran interposé.

—Elle faisait acte de présence pour prouver ma force, la confiance que le Grand Conseiller m'accorde. L'assassin a réussi à entrer malgré les gardes, a déjoué la sécurité et agressé ma femme devant moi, je n'ai rien pu faire pour l'arrêter. Je ne me le pardonnerai jamais, je n'aurai de cesse de traquer et tuer celui qui a blessé Mindy.

— Il s'est échappé ? Il a tiré sur ma sœur et s'est barré ?

— Oui.

— Tu m'avais dit que tu veillerais sur elle. Tu me l'avais *promis*." Ma voix n'était qu'un murmure, je voulais le détester, Mindy était blessée à cause de lui, mais je ne pouvais pas, il était visiblement au trente-sixième dessous, dans un pire état que moi. Inutile d'en rajouter.

"Elle *est en* sécurité, répliqua Goran. On a été trahis par l'un des nôtres. Ne t'inquiète pas, ma sœur, je te jure qu'on retrouvera le traître et qu'il paiera."

Oui, j'avais déjà entendu ça. Goran était très fort pour faire des promesses, moins pour les tenir. Il m'avait promis qu'il n'arriverait rien à Mindy, sauf qu'elle se trouvait désormais dans une sorte de caisson, en train de guérir, n'empêche qu'elle était blessée. Ça n'aurait jamais dû se produire !

"Personne n'a intérêt à toucher ma sœur jumelle, sifflai-je. Zed écarquilla les yeux en me voyant, les mains sur les hanches. Tout homme, femme ou extraterrestre qui la touchera n'en sortira pas indemne.

— Compte sur moi, ma sœur," déclara Goran.

Je n'allais *pas* me pencher sur la complexité de l'égo du mâle alpha pour le moment, je n'avais qu'une envie, traverser l'écran et l'étrangler. Je pouvais compter sur lui ? Oui, c'est ça. J'avais vu où ça nous avait mené pour l'instant.

"Avec tout le respect que je te dois, Général, tu es seul. J'ai trois hommes pour m'aider à attraper cet enculé de Trion. Quel qu'il soit. Et on va t'aider à le retrouver. Il a blessé Mindy, je veux sa peau.

— Oh, non, la main de Zed fendit l'air pour mettre un terme à cette discussion, tandis que Goran secouait la tête.

— Certainement pas, répondit Goran.

— Putain non, ajouta Zed. Je t'interdis d'aller dans cette zone dangereuse. Il est de mon devoir—ainsi que celui d'Axon et de Calder—de veiller sur toi. Le plus simple serait que tu restes là et que tu permettes au mari de Mindy de gérer la situation comme il l'entend.

— Très bien. Vous êtes vraiment têtus, vous, les mâles alpha, quand vous vous y mettez. Je ne suis ni prisonnière, ni esclave. J'irai, seule s'il le faut, rétorquai-je, furieuse, en menaçant Zed.

L'infirmière avait le bon sens de rester en retrait.

— Putain non, répéta Zed. Tu vas rester ici avec moi. Axon et Calder refuseront que tu partes. Ils seront d'accord avec moi, ta sécurité passe avant tout.

— D'après Goran, Mindy est tirée d'affaire. S'il le dit, c'est que c'est vrai." Je me tournai vers l'écran et regardai Goran de travers. Il n'allait pas me contredire, ce qui aurait voulu dire que Mindy courait un réel danger. "Alors, Général, elle est saine et sauve oui ou non ?

—Mindy est saine et sauve, assura Goran. Mais le traître court toujours. Il sera exécuté.

—Alors je vais rejoindre Mindy. Ma sœur jumelle. Elle est blessée, je vais rester à ses côtés. Je jugerai de son état par moi-même et resterai à ses côtés le temps de sa convalescence." Je me posai les mains sur les hanches. "Mes maris feront le nécessaire pour t'aider à retrouver le traître. Puisque je suis ta sœur, Mindy est donc la leur. Nous avons le droit de t'aider.

— Il n'y a pas de convalescence, femme. Elle sera guérie en sortant du caisson ReGen."

Zed me supplia à son tour mais je l'ignorai. Ma sœur avait besoin de moi. Inutile de discuter. Je contacterais la gardienne Egara, saisirais le Grand Conseil Galactique et Interstellaire, la Coalition, les dieux-guerriers-super-hyper-importants si nécessaire. J'irais sur cette planète, que ça leur plaise ou non.

"Je serai en *sûreté* avec elle pendant que vous aiderez Goran à traquer son agresseur." Je jetai un regard noir au *maître* de ma sœur, histoire qu'il comprenne ma fureur, tout était de sa faute.

Zed ne répondit pas, il m'observait. Je ne baissai pas les yeux, afin qu'il comprenne que ma sœur jumelle comptait plus que tout à mes yeux. Je ne céderais pas d'un pouce.

"Voilà comment on va procéder, Zed. Ma sœur, ma *famille*, est blessée. Je vais aller la rejoindre. J'accepte que Goran et toi traquiez ce sale type pendant qu'on restera bien sagement *à l'abri*. Un compromis. *Tu* dois faire un compromis et me permettre de la rejoindre. Elle est blessée. Elle doit avoir peur. On a toujours été là l'une pour l'autre. Toujours. Tu comprends ? Il se taisait. J'irai, avec ou sans toi."

Il pouvait très bien m'en empêcher, s'il essayait, il gagnerait la bataille, mais pas la guerre. Cette union, ce mariage, peu importe le nom qu'on voulait bien lui donner, n'était pas une affaire de rien du tout. S'il me trahissait maintenant, pour ça, je ne le lui pardonnerais jamais. S'il arrivait quelque chose à Mindy en mon absence, je ne *leur* pardonnerais jamais. La vie est une succession de bons et mauvais moments. Si nous voulions résoudre le problème en famille, s'ils me faisaient confiance pour que je dépende d'eux, mes époux devaient me faire confiance lorsque la situation était de la plus grande importance. Mindy était ma sœur jumelle, on se ressemblait comme deux gouttes d'eau, c'était mon autre moitié. Ça comptait. Enormément.

"Envoyez les coordonnées de transport, finit par dire Zed, en caressant doucement ma nuque. On vient, je vais prévenir les autres.

Goran s'inclina légèrement.

— Très bien. Mindy doit rester encore seize heures dans le caisson ReGen. Ta présence lui apportera certainement réconfort et sérénité à son réveil. Elle sera totalement guérie après son séjour en caisson ReGen mais je préfère qu'elle se repose quelques jours supplémentaires pour m'assurer qu'elle soit en parfaite santé. Je sais qu'elle sera en sûreté sous la surveillance de tes époux.

— Merci. Nous arriverons le plus vite possible."

L'écran devint noir, je me retournai dans les bras de Zed, sa force et sa chaleur me faisaient du bien. Mon Dieu que c'était bon d'avoir quelqu'un sur qui compter, une personne qui m'aiderait à veiller sur ma sœur jumelle. Je gérais tout toute seule depuis si longtemps, je devais me pincer pour y croire. Il était bien réel. Je n'étais plus seule. Pour la première fois. De toute ma vie.

J'entendis la grosse voix ronflante de Zed, l'oreille collée contre sa poitrine.

"Axon et Calder ne vont pas être contents du tout.

Je relevai la tête, posai mes mains sur ses joues et le regardai amoureusement. Je voulais qu'il comprenne l'importance que je lui accordais.

— Merci, Zed. Je l'adore.

— Je sais mon amour. Nous souhaitons accéder à tes moindres désirs. Que ce soient des orgasmes ou la famille, pourvu qu'il ne t'arrive *rien*. C'est tout ce que je demande.

— Mais qu'est-ce que vous avez, tous, les mecs de l'espace ? Tous dominateurs et protecteurs. Goran est d'une autre planète mais agit de même avec Mindy.

Il ôta mes mains de son visage, embrassa une paume, puis l'autre.

— Tu es ma femme. C'est mon devoir, c'est un honneur de te rendre heureuse, il faut que tu sois en bonne santé, *en sécurité*. Allons dans la salle de transport avant que je change d'avis." J'allais enfin partir pour Trion.

10

*A*xon, Dispensaire, Avant-Poste Deux, Trion

Les rois m'avaient prévenu, épouser une Terrienne n'était pas de tout repos. Certainement à cause de leurs coutumes si inhabituelles, différentes. Violet aurait forcément besoin de temps pour s'adapter, passer de la Terre à Viken, ça risquait de la rebuter. C'était bizarre. Un peu trop. Le fait d'avoir trois maris compliquait sa tâche d'épouse Viken.

Mais ils ne songeaient pas à ce genre de problèmes d'adaptation à l'époque. Non, ils voulaient parler de problèmes *réels*.

Au lieu d'être transportée chez ses époux, Sophia, une épouse terrienne, avait atterri sur un avant-poste reculé, sur lequel on avait attenté à sa vie. Ces imbéciles l'avaient prise pour la Reine Leah. Ses époux—Gunnar, Erik et Rolf—l'avait cherchée dans les forêts Viken pendant des heures, paniqués et démunis, sans pouvoir la défendre. Sans même l'avoir rencontrée. Je frôlais le malaise cardiaque en songeant qu'ils avaient attendu l'arrivée de leur femme, pour finalement apprendre que ses coordonnées de destination avaient été modifiées.

Bella, l'autre épouse Terrienne mariée aux trois Vikens, avait été kidnappée par sa belle-sœur, une manœuvre des SSV pour infiltrer l'IQC et détruire le réseau de communication de la planète en ligne directe avec le reste de la Flotte de la Coalition. Ils avaient presque réussi à emmener Bella dans une station reculée échappant au contrôle de la Coalition, il l'aurait transformée en esclave, elle aurait été anéantie, ses trois guerriers n'auraient pas eu la chance de l'aimer.

Je refusais de me laisser absorber par tout ça, toutes ces histoires étaient de la pure folie. Oui, ce n'étaient que des histoires. Mais je devais reconnaître que j'avais fait fausse route. Je réalisais seulement maintenant ce que ces guerriers avaient enduré pour protéger la femme qui leur était destinée.

Je ne passais pas mon temps à sauter ma femme pendant des heures. Je ne m'enquiquinais pas à déménager dans les quartiers réservés aux couples mariés. Je ne la présentais pas à tout Viken United, afin que tout le monde fasse sa connaissance et qu'elle découvre les beautés de sa nouvelle planète.

Ma bite n'était pas enfoncée dans sa chatte jusqu'aux couilles, je ne la douchais pas avec attention et dévouement, je ne couvrais pas son corps nu et parfait de baisers ou de caresses.

Non.

On était sur cette putain de planète Trion parce que

sa sœur était blessée. Nous étions dans la salle des soins intensifs du dispensaire, parmi une rangée de caissons ReGen. J'enlaçais les épaules de Violet pour lui procurer un semblant de réconfort. Calder était sur notre gauche, appuyé contre le mur, comme s'il soutenait le bâtiment. Zed se tenait sur notre droite telle une statue en granit, il observait la salle, les gens, la situation dans ses moindres détails. Nous étions exposés. Vulnérables. Nous ne nous étions jamais rendus sur Trion, les détails fournis par Zed, à savoir qu'un ennemi avait attenté à la vie de Mindy, signifiait que notre sécurité n'était pas garantie. Nous étions tous les trois bien entraînés pour nous défendre, mais je n'aimais pas du tout que Violet soit là, elle risquait sa vie.

Notre femme se tenait devant nous. Nous l'encerclions, je sentais une tension chez les deux autres guerriers et je l'éprouvais moi-même. La sensation disparaîtrait dès notre retour sur Viken. Non, dès notre retour sur Viken, avec Violet nue sous ses trois époux, dans nos nouveaux quartiers de jeunes mariés, de préférence avec nos trois bites enfoncées en elle en même temps, alors que nous la possèderions.

Nous dévisagions la copie presque identique de notre femme dans le caisson ReGen. Elle était pâle comme un linge, presque grise, elle avait perdu énormément de sang et avait souffert, la voir dans le caisson de régénération ne calmait pas nos inquiétudes pour autant. Sans parler de notre femme. Elle se dégagea de mon étreinte et se dirigea vers Mindy allongée à plat ventre dans ce caisson en verre et en métal, comme une bête en cage. Elle la contemplait de haut en bas. Des pieds à la tête. Encore. Inlassablement. Sans relâche.

Zed s'était entretenu directement avec Goran lorsqu'il était au dispensaire avec Violet, il nous avait contactés sur le champ pour nous apprendre la nouvelle et nous parler de son plan pour nous rendre sur Trion. Ce voyage ne me disait rien qui vaille, c'était dangereux, la sœur de Violet était blessée. J'avais bien l'intention d'interroger le Général Goran afin qu'il m'explique comment ça avait pu se produire. Vu sa tête, Calder pensait exactement comme moi.

Ce besoin de fonder une famille était encore plus prononcé chez Calder que chez Zed et moi. Il était originaire du Secteur Un, c'était presque vital pour lui. Quand sa famille était morte, c'était comme s'il avait perdu une partie de lui. Une femme—Violet—symbolisait le point de départ d'une nouvelle famille pour lui. Pour nous tous. Et par extension, pour Mindy. Et à mon grand déplaisir, pour le Général Goran également.

J'étais prêt à tout pour Violet, même à l'amener sur Trion comme nous le lui avions promis, mais pas au mépris du danger. Putain. Sa sœur avait été blessée, je ne pouvais pas la blâmer de vouloir la voir. Mais j'aimais pas ça du tout. Zed non plus. Même Calder était tendu. Viken. On allait devoir être sacrément patients avant de pouvoir la ramener sur notre planète.

Non pas que j'ai un problème avec Trion. C'était une chouette planète. Avec des gens bien. J'avais combattu avec de nombreux et valeureux combattants de la Coalition originaires de Trion, je connaissais cette planète de par leurs conversations et les leçons de géographie apprises à l'école quand j'étais petit, mais ça ne ressemblait pas du tout à ce que j'imaginais.

Ce n'était pas vert comme sur Viken. Y'avait du sable

partout. Un climat désertique, les structures de cet avant-poste consistaient en de lourdes toiles de tente, des abris temporaires faciles à démonter si nécessaire. Leurs technologies—transport et médical—étaient identiques aux nôtres. C'était peut-être notre seul point commun. Leurs coutumes étaient aux antipodes des nôtres. Goran était un officier gradé, la couleur de sa robe en témoignait. Sa femme était nue dans le caisson, le caisson vitré masquait son pubis, je distinguais ses chaînes de tétons sur son corps pâle.

Goran exerçait son ascendance sur Mindy, c'était flagrant. Son attitude envers elle durant la télécommunication prouvait sa domination et sa soumission. Ça n'avait rien d'étrange, c'était juste ... différent. Zed ressentait le besoin de dominer Violet, même sous la couette, cette société placée sous domination masculine – au quotidien et dans l'intimité – changeait ma façon de voir les choses.

De toute évidence, Mindy avait inconsciemment demandé à épouser ce type d'homme lors du test. Elle avait l'air heureuse, vu notre communication durant notre séjour sur Terre. Le mariage était un franc succès. Goran avait du mal à rester maître de lui-même, il attendait des informations, il était clair qu'il n'avait que Mindy en tête. Elle était toute à lui. Son besoin de la contrôler régissait ses moindres actes. Il la voulait rien qu'à lui, saine et sauve, bien plus que nous tous, mais je ne pouvais pas le dire à Violet.

Je ne voulais que son bien et celui de Violet, l'essentiel étant de filer d'ici au plus vite.

Mais ça ne serait possible que lorsque le minuteur du caisson ReGen serait à zéro, que la machine aurait achevé le processus de guérison pour lequel elle était programmée, prouvant ainsi que Mindy avait pleinement récupéré. Violet s'inquiéterait et douterait de sa guérison tant que ce ne serait pas terminé. Elle n'avait pas l'habitude du caisson ReGen et ne croyait pas le médecin qui lui avait assuré que Mindy allait bien. Tout ce qu'elle devait faire, c'était rester allongée, inconsciente, pour guérir. Violet nous avait expliqué que les médecins sur Terre opéraient leurs patients à l'aide de scalpels et autres instruments, ils mettaient des points pour recoudre, comme la couture d'une chemise. C'était primitif. Je me demandais comment Violet et Mindy avait survécu aussi longtemps sur une planète aussi primaire que la Terre.

Plantés devant le minuteur, on avait l'impression d'observer une machine en train de préparer un repas.

Violet posa sa main sur la paroi vitrée.

"Au vu des blessures dont a parlé le docteur—elle frissonna et inspira profondément—Mindy serait déjà morte sur Terre. Rien n'aurait pu réparer ses organes aussi sévèrement endommagés. Ses blessures semblent de moindre importance ici.

— Ma femme est de la plus haute importance," gronda Goran. Il serra les poings, son corps se raidit. J'aurais été aussi tendu que lui si Violet se trouvait sous le couvercle transparent du caisson.

Voir Mindy là-dedans faisait bizarre. Voir deux sœurs aussi semblables paraissait irréel. Comme les trois rois Viken, parfaitement identiques, hormis leur coupe de cheveux et leur attitude. Élevés dans trois secteurs Viken différents, les personnalités des trois rois s'accordaient à merveille.

Je contemplais Mindy, les yeux fermés, en pleine

convalescence, elle *ressemblait* à Violet. Je frémis. Y'avait pas intérêt à ce qu'il lui arrive quoi que ce soit.

"Général, appela un homme, sur le pas de la porte.

Goran leva la tête et se dirigea d'un pas alerte vers le messager.

— Nous avons reçu un message du Grand Conseiller Tark. Votre demande de congé a été rejetée. Votre présence est exigée au vu du danger et de la naissance imminente de l'enfant de Tark.

Goran serra les mâchoires et rejeta les épaules en arrière comme s'il allait imploser

—Très bien. Mais informez le Grand Conseiller que Mindy ne pourra être présente comme initialement prévu. Elle est toujours dans le caisson ReGen et devra y séjourner encore plusieurs heures avant la fin de sa convalescence.

— Ça va déplaire aux autres conseillers. Son absence fera ressortir nos faiblesses vis à vis des autres.

— Qu'ils aillent au diable, aboya Goran. Dites-lui que je refuse que ma femme affronte un danger supplémentaire pour retrouver un traître—même si elle était réveillée. Elle ne servira plus d'appât. C'est hors de question.

— Bien, monsieur.

Goran nous tourna le dos et s'approcha du caisson.

Je ne faisais pas attention à lui, je n'avais d'yeux que pour Violet. Je n'aimais pas son regard mauvais, son imperceptible hochement de tête.

— Comment ça, 'servir d'appât' ? demanda-t-elle à Goran.

Les épaules du pauvre homme s'affaissèrent, il se

tassa, caressa le couvercle translucide refermé sur sa femme qu'il adorait, sans l'ombre d'un doute.

— Les femmes nous ont convaincu de faire en sorte que Mindy se montre afin d'attirer le traître.

— Quelles femmes ? demanda Zed.

— La mienne. Et celle de Tark. La femme du Grand Conseiller est une magnifique Terrienne prénommée Eva. Les Terriennes sont têtues, je pense que vous avez dû vous en apercevoir.

Il s'adressait à Violet tout en nous regardant, moi, Calder et Zed.

— Mindy et Eva ont comploté et nous ont convaincu. Vu mon orgueil démesuré, je pensais être en mesure d'assurer sa sécurité, je pensais que le traître s'en prendrait à moi ou à Tark, pas à l'une de nos femmes.

— Tu t'es fourvoyé."

Son nouveau beau-frère ne répondit pas à la pique que venait de lancer Violet et tant mieux, Calder était anormalement calme, il contemplait Mindy allongée sous le couvercle du caisson, il imaginait Violet à sa place, blessée, en sang. En train de souffrir.

Je n'aurais jamais laissé une chose pareille se produire, Mindy ne se serait jamais retrouvée derrière cette vitre.

Goran osa regarder Violet, ils se dévisagèrent tous deux en contemplant la femme qu'ils adoraient.

"Je me suis trompé. L'attaque était rapide et bien organisée. L'assassin est entré et sorti en l'espace de quelques secondes. Personne n'a rien vu.

Zed se racla la gorge.

— Qu'est-ce que l'assassin a à gagner, en frappant une femme sans défense ?"

Violet se raidit devant le *sans défense,* elle retint sa colère et attendit la réponse de Goran. C'était la vérité, sur Trion les femmes étaient sans défense, elles dépendaient de leur mari dominateur. C'est ce qu'elles voulaient, la soumission leur convenait. Lorsque je regardais Goran, et bien qu'il semble jouer au chef, il était clair que c'était Mindy qui portait la culotte. Elle avait le pouvoir de le faire descendre de son piédestal et qu'il soit à sa merci.

"Les conseillers et le Haut Conseiller Tark notamment, ont toujours assis leur domination et la valeur qu'on leur accorde grâce à la qualité des femmes à leur service, une femme agenouillée à ses pieds et montrant ouvertement sa soumission à son maître aux yeux de tous renforce sa position. Une femme de valeur accordera sa confiance et son respect à son maître. Eva n'a pu assister à la réunion car elle est sur le point d'accoucher, le malaise politique est palpable entre les conseillers, Tark se serait senti en infériorité si Mindy ne s'était pas agenouillée devant moi. L'exercice du pouvoir est très délicat sur Trion, ancré entre une politique et des traditions millénaires.

— Le fait que ma sœur *sans défense* s'agenouille devant tout un tas de conseillers assoit l'autorité de Tark ?

Goran hocha la tête.

—Oui.

—C'est dingue.

Violet leva les mains, franchement perplexe.

—Je comprends pas.

— Mindy est belle et précieuse. C'est une Epouse Interstellaire. Plus adulée et respectée que les autres. Comme Eva. Nous ne sommes que trois guerriers dans tout le Conseil à avoir cette chance, moi y compris. Le Conseiller Roark est puissant, Tark est son allié. Sa femme terrienne s'appelle Natalie. Tark est le Haut Conseiller de Trion, il a épousé Eva. Je suis son bras droit. Depuis des années. Avoir des femmes aussi précieuses confère au Conseiller un pouvoir et un respect planétaire. D'autant plus que Natalie va bientôt donner un fils à Roark, et Eva, à Tark. Certains sont prêts à tout pour prendre ce qui nous appartient. Ou le détruire le cas échéant.

— Ce qui veut dire tuer ma sœur. Ainsi qu'Eva. Et Natalie.

— Oui. Natalie et leur fils ont déjà réchappé à plusieurs tentatives de meurtre. Certains conseillers fonctionnent à l'ancienne, comme ce salopard de Bertok, qui exige le retour aux anciennes coutumes, comme partager sa femme sous la tente des conseillers, battre sa femme jusqu'à ce qu'elle se soumette, au lieu de lui procurer un plaisir infini. Il est rentré dans une rage folle lorsque la femme de Tark est arrivée, lorsqu'il a refusé de la posséder devant les autres. Il ne comptait pas la frapper, et encore moins répondre aux exigences de Bertok.

Violet fronça les sourcils.

—C'est dégueulasse. "

J'étais entièrement d'accord. Calder aimait se montrer avec sa femme, qu'on les voit en train de baiser, par fierté. Ce ... comportement *dépravé* était totalement différent. Calder ne cèderait *jamais* Violet à un autre homme, hormis ses époux légitimes. Il ferait en sorte qu'elle ne soit pas blessée ou maltraitée pour prouver sa force. Aucun d'entre nous n'agirait ainsi.

"Ah bon ? rétorqua Goran en observant Violet. Ainsi était la coutume il y a fort longtemps, on se partageait nos femmes. Ce n'est pas comme ça sur Viken ? T'as bien trois hommes à ton service, il me semble ?
— C'est différent. Ils ne sont pas à moi. Pas tous. Je les ai à l'essai, je dois en choisir un.

Je l'écoutais, le souffle coupé. *Ils ne sont pas à moi.*
— Et t'as envie de choisir ?
— Non."

Putain merci, comme dirait Goran. Elle n'avait pas envie de choisir mais c'était une obligation. Il fallait que ça change. On allait lui prouver le contraire. On était là pour elle, tous les trois, c'était inscrit dans notre subconscient.

"Ils préféreraient s'éloigner plutôt que de partager ton amour ? Goran haussa les sourcils, choqué, il évitait de nous regarder, nous ses époux, et fixait Violet droit dans les yeux. Tes époux sont des imbéciles. Je serais prêt à partager Mindy avec une douzaine de guerriers si c'était nécessaire pour assurer sa sécurité et suffire à son bonheur.

— Une douzaine ?" Violet ne cacha pas son irritation. Elle serra les poings, Calder, appuyé nonchalamment contre le mur fit un pas en avant, prêt à intervenir au cas où Violet agresserait physiquement le Général. Enfin, intervenir ou lui casser la gueule. Je ne savais pas trop. "Cette planète me fait chier. Je ramènerai Mindy dès qu'elle ira mieux. Elle viendra avec moi. Je ne veux pas qu'elle coure le risque de se faire tringler par un vieillard devant tout le Conseil parce qu'il a besoin de se sentir omnipotent, ou exige que tu la frappes devant lui.

Goran plissa les yeux.

—Y'a une énorme différence entre les exigences de Bertok et ce que je veux bien tolérer. Mindy m'appartient. Elle s'est placée sous mon autorité en m'épousant. Lorsqu'elle est arrivée ici et a accepté ma bite dans son corps consentant. Je ne bats pas ma femme. Elle me demande parfois de la frapper. Elle a parfois besoin de choses que je suis le seul à pouvoir lui donner. Je l'aime, sa vie et son bien-être passent avant moi. Ne m'insulte plus jamais de la sorte. Tu adores ta sœur, tout comme moi, aussi, je pardonne ton emportement. Ne refais pas la même erreur. Personne ne me l'arrachera, elle ne partira pas d'ici. Ne me menace pas, femme."

Il fit un pas en direction de Violet, il était en colère mais je savais, au vu de sa déclaration, qu'il ne lui ferait aucun mal. Il était fâché parce que Mindy était blessée, il avait fait son petit laïus pour se tranquilliser, afin d'expliquer son point de vue à sa nouvelle belle-sœur.

"Ne menace pas ce qui m'appartient.

—Sinon ? demanda Violet, en se posant les mains sur les hanches. Tu vas me frapper ? Essaie pour voir. Essaie et tu verras de quel bois je me chauffe."

Oh, putain. Zed jugea bon d'avancer. Violet tremblait de rage, la situation allait de mal en pis. Calder était trop protecteur envers Violet pour la raisonner, Zed était trop froid et calculateur pour faire machine arrière. Goran venait de menacer notre femme.

J'avançai et écartai Violet du caisson ReGen, l'attrapai par derrière et l'attirai contre moi. Elle se débattit quelques secondes ... sans faire mine de s'éloigner toutefois. J'étais un exutoire à sa colère. Je l'immobilisai jusqu'à ce qu'elle arrête de gesticuler, pour qu'elle se calme un peu. Grâce à Dieu, Zed et Calder se calmèrent à leur tour.

"Et si on se calmait tous, là ? On est du même côté, Violet, dis-je en murmurant à son oreille. Goran est le mari de Mindy. Il l'aime. Il souffre qu'elle soit blessée et s'en veut. Il ne ferait jamais de mal à ta sœur. Respire un bon coup."

Violet frémissait mais me permit de l'immobiliser, un silence pesant s'abattit dans la pièce. Elle se sentait bien dans mes bras. Au chaud, à l'écoute, bien que tendue comme un arc.

Ébranlé et forcément inquiet, Goran appuya sur son interphone et demanda à deux gardes de venir et à deux autres de se poster dans le couloir. Une fois à leur poste, il déposa un baiser sur le visage étrangement familier de Mindy sur la vitre du caisson.

"Je reviens mon amour. Promis.

Violet serra mes poignets de toutes ses forces, si fort que j'étais sur le point de lui demander ce qui se passait mais elle prit la parole.

— Attends, Goran. Je t'accompagne.

— Non.

— Non.

Zed et Calder s'exclamèrent en chœur, Goran la dévisagea avec stupéfaction.

—Pourquoi ? Ta sœur est ici. Elle sera bientôt guérie. Tu devrais rester ici pour être présente à son réveil, comme tu le souhaitais.

Violet secoua la tête et repoussa mes bras.

— Non. Je t'accompagne. Celui qui a essayé de tuer Mindy est en liberté. Elle sera en danger dès son réveil. Emmène-moi avec toi. Je prendrai sa place lors de la réunion du Conseil. Je me ferai passer pour Mindy. L'assassin croit l'avoir tuée ou blessée, n'est-ce pas ? Il entrera dans une colère noire lorsqu'il apercevra Mindy à tes côtés, saine et sauve. Il sera surpris. On va le laisser sortir de sa tanière et le prendre de court. Il croira avoir commis une erreur. Le plan de Mindy aurait dû fonctionner. Il a fait une tentative. Il a essayé de la tuer. Il recommencera, jusqu'à ce qu'il parvienne à ses fins. Il s'attaquera ensuite à Eva et Natalie. A toutes les Epouses Interstellaires qui arriveront sur Trion. Je ne peux pas laisser Mindy ici, la sachant en danger, et tu ne veux pas que je la ramène sur Viken. Nous devons par conséquent attraper l'assassin. On ne peut pas le laisser gagner. On doit régler cette affaire, sinon, elle ne sera jamais en sécurité. Jamais.

—Violet— je ne savais pas quoi dire, comment la raisonner, elle se tourna dans mes bras.

—Non. Ma sœur jumelle est en danger. J'y vais. Personne ne peut prendre ma place. Nous nous ressemblons comme deux gouttes d'eau. Personne ne peut nous différencier, personne n'est au courant de mon existence sur Trion. Je vais enfiler les vêtements de Mindy, regarder Goran comme si c'était l'amour de ma vie, tout le Conseil me prendra pour sa femme. Si l'assassin veut vraiment sa mort, il me tombera dessus, vous serez *tous les quatre* sur place pour l'en empêcher."

Nous avions compris immédiatement—sur Terre et sur Viken, lorsqu'on avait appris que sa sœur avait été blessée—que Violet pouvait se montrer entêtée. C'était une vraie tigresse dès qu'il s'agissait de sa sœur jumelle. Effectivement, les rois n'avaient pas menti. Les Terriennes étaient coriaces. Persévérantes. Sexy en diable et foutrement énervantes.

Je regardais Calder, il affichait une expression indéchiffrable, puis Zed, au regard calculateur, inutile de me faire un dessin. On allait en passer par là, que ça nous plaise ou pas. Nous devions y mettre un terme. Mindy devait être en sûreté, sinon Violet ne trouverait jamais la paix. Elle s'inquiétait, je la reconnaissais bien là. C'était elle tout craché. Dans un moment de lucidité, je la vis avec nos enfants. Courageuse, fidèle, dévouée. Personne ne leur ferait jamais de mal. Violet devait protéger sa sœur —en tant que maris, nous devions protéger Violet.

Zed parlerait en notre nom. Il endossait le rôle du chef dans notre nouvelle famille fragile, je n'aurais su quoi dire. Des paroles qui allaient mettre Violet en danger.

"D'accord Violet, mais nous exigeons d'être présents dans la salle. Il regarda Goran. Donnez-nous des tenues similaires à celles de vos gardes. Violet va certes jouer le rôle de ton épouse, mais elle restera sous notre surveillance."

11

Violet, Planète Trion, Secteur Deux, Réunion du Grand Conseil

Passer pour ma sœur serait simple comme bonjour. On échangeait nos places à l'école depuis la maternelle. C'était un jeu. Elle faisait mes contrôles d'anglais et moi ses interros de maths. Si j'avais envie de sortir avec un beau gosse dans ma classe, elle prenait ma place, le draguait comme une malade pendant quelques jours pour que je parvienne à mes fins. Pour obtenir un rendez-vous.

Que Mindy ait plus de succès que moi ne m'avait jamais dérangée, j'étais introvertie. Je devais me casser le cul pour avoir un A-, elle avait la même note sans ouvrir le moindre bouquin. On partageait tout. On faisait bloc contre le monde entier.

Jusqu'à aujourd'hui.

Je détestais devoir faire du lèche-bottes, comme un chien.

Je détestais *vraiment* devoir jouer le joli toutou, collée aux basques de Goran.

La *robe* que je portais était translucide, on voyait *tout*. Carrément. Tout. Goran avait lourdement insisté pour que je porte de faux piercings collés aux tétons. Lorsque la femme venue me préparer pour *devenir* ma sœur avait essayé de transpercer mes tétons pour le *plaisir* du général, Zed lui avait décoché un regard noir et dit d'aller se faire foutre, elle avait pris la poudre d'escampette.

Je dois avouer que je lui en étais reconnaissante. Je l'aurais fait—ça devait pas faire si mal que *ça* ?—mais j'avais pas envie. Les piercings ou tatouages ne m'avaient jamais branchée. Jamais. Je ne supportais pas la douleur et détestais les piqûres. Je ne tolérais que les bouches de mes époux sur mes tétons.

La domestique timide et apeurée s'en était retournée chez Goran. Après dix minutes de palabres seins nus—ce qui était franchement gênant—on colla sur mes mamelons des chaînes de tétons en or agrémentées de pierres précieuses. Mes bouts de seins étaient nus et bien en vue, ils sortaient de ma robe via deux fentes pratiquées dans le tissu rouge diaphane. C'était obscène, surtout vu l'odeur d'huile d'amande douce dont j'étais copieusement enduite. Zed l'avait appliquée en personne afin de s'assurer que j'en sois totalement recouverte. Mon désir montait, je mouillais, j'avais hâte que ses mains me touchent ailleurs, en guise de préliminaires. Je savais ce qui m'attendait, j'avais hâte.

Ses caresses, ce besoin ardent que j'avais de lui, me

donnait un air de sirène. Ou de diablesse qui rend les hommes fous en les baisant jusqu'à la mort.

Une succube ? Quelque chose comme ça.

J'avais du mal à regarder mes époux, j'étais trop bien excitée. L'idée leur déplaisait. Au plus haut point. Zed semblait furieux, il serrait si fort ses mâchoires que j'avais peur qu'il se pète les dents. Il était placé tout près de moi, sur ma droite, à l'entrée de la tente.

Calder était rouge. Sa bite en érection formait une grosse protubérance sous sa robe, à l'autre bout de la tente. C'était lui qui ... aimait qu'on me voie, me montrer. Il aimait ce qu'il voyait et n'avait aucun problème à en faire profiter les autres. Il était fier de moi, mais ce n'était pas *moi* qu'on exposait, mais la pseudo-Mindy. Il détestait ça. Je n'étais pas entièrement nue—c'était très dégradant, mais dans un but bien précis—Calder voulait que les autres profitent de ma beauté. Non, j'étais dans cet état parce que j'étais réduite à un simple corps. Mon corps n'était là que pour asseoir le pouvoir de Goran. Ce comportement était complètement à l'opposé de celui de Calder.

Il se tenait à l'autre bout de la pièce, il lui aurait coupé les mains s'il avait pu. Goran était un homme respecté, sa grosse main chaude et rassurante était posée sur mon épaule. Calder le regardait comme s'il voulait le tuer. Il était jaloux.

Il aurait voulu être à mes côtés et profiter vraisemblablement du spectacle ... il le détestait. À moins que ce soit moi qu'il détestait.

Je n'avais pas trop envie d'y penser. Il était bien décidé à ce que je choisisse entre eux trois, à sortir de l'équation s'il ne pouvait pas m'avoir exclusivement pour lui. J'avais envie de lui mais je désirais aussi Zed et Axon. Je les voulais tous les trois. Mais il avait une autre idée derrière la tête. Le perdre me briserait le cœur, je ne voulais pas y songer. Pas maintenant.

Pas alors qu'Axon m'admirait comme si j'étais la créature la plus magnifique qui soit. Je me sentais belle lorsqu'il me regardait. Parfaite. J'avais envie de le récompenser, je rejetai mes épaules en arrière, mes seins saillirent pour qu'il les voie. Je fis semblant de m'étirer et attrapai la jambe de Goran, j'ignorai l'époux de ma sœur et me servis de lui pour rester en équilibre, tout en excitant l'homme qui *m'appartenait*. Axon. C'est lui que je choisirai, peu importe ce que les autres auront décidé.

C'était, en vérité, le seul parmi le trio, qui m'appartienne vraiment.

"Conseillers, peut-on commencer ?" déclara le Grand Conseiller Tark. Il était grand. D'une beauté sauvage, brun aux yeux noirs. Un *vrai* dieu grec. Je comprenais qu'il ait jeté son dévolu sur Eva, une Terrienne. Dommage qu'elle doive rester en lieu sûr suite à l'attaque dont Mindy avait été l'objet, j'aurais bien voulu rencontrer l'une des amies de Mindy. Ce serait sympa de pouvoir échanger avec une Terrienne.

Mais elle était enceinte, je ne voulais pas faire courir le moindre risque au bébé.

Le calme se fit, je regardai Goran parler, je suivis ses recommandations. Il m'avait fourni une liste énumérant les façons dont une épouse Trion devait se comporter. J'étais censée le dévorer des yeux. L'amour de ma vie. L'homme auquel j'étais dévouée au point de me traîner à ses pieds comme un chien, quasiment nue devant une assemblée de parfaits étrangers.

Oui, effectivement.

Mais je m'exécutai. Pour Mindy. Je levai la tête et regardai Goran comme si c'était mon mari, comme si le désir que j'éprouvais lui était destiné. Je fixai sa bouche, je pensais que je me sentais en sécurité grâce aux caresses de Zed, le charme et la gentillesse d'Axon m'ôtaient mes inquiétudes, la passion débridée de Calder me rendait insatiable. Je les désirais encore *plus*.

Je ne regardais pas mes époux. Bon sang, je n'écoutais même pas ce que Goran ou les autres hommes racontaient. Des servantes situées à l'extérieur de l'assemblée leur versaient du vin ou de l'eau, leur donnaient des bouchées de nourriture, tandis que les hommes tenaient leur réunion.

Je n'avais ni faim, ni soif. J'avais une mission — débusquer la personne qui avait attenté à la vie de Mindy, bien vivante, totalement, absolument et follement amoureuse du puissant et autoritaire Général Goran. Ils n'allaient pas être déçus, personne n'était au courant de mon existence, personne ne savait que Mindy avait une sœur jumelle qui lui ressemblait comme deux gouttes d'eau. On était certes dans l'espace, leur technologie était largement d'avant-garde par rapport à la Terre, mais à mon avis, cloner un individu n'était pas du domaine du possible.

Z*ED*

J'AVAIS RIEN À FOUTRE DES MANIGANCES POLITIQUES DE

Trion. Ça ne me regardait pas, je n'étais en rien concerné par le commerce entre les secteurs, les bagarres entre propriétaires terriens, d'où qu'ils soient. Je n'y prêtai plus attention après cinq minutes de débat entre les différents groupes d'hommes. Je me focalisai sur Violet, point barre.

Sur ses cheveux relevés en simple queue de cheval retombant sur ses épaules. Goran caressait les mèches soyeuses, tirait dessus pour obliger Violet à le regarder. Il lui sourit du regard d'un mari comblé, elle lui rendit son sourire. Il contempla ensuite les hommes devant lui.

Je savais qu'elle faisait semblant. Ce sourire m'était destiné. Ainsi qu'à Calder et Axon.

Parlons de sa tenue. Un vêtement était supposé cacher un corps, masquer la pudeur et apporter de la chaleur. Celui que portait Violet ne remplissait aucune de ces fonctions. Ce voile aérien, fin et délicat était parfaitement adapté à la chaleur régnant dans le désert. Il était complètement transparent. Je voyais tout au travers ... l'assemblée avait les yeux rivés sur elle. Je savais que tous les hommes de l'assemblée la scrutaient depuis qu'elle était entrée sous la tente, juste derrière Goran.

La robe lui arrivait au niveau des chevilles, elle était ceinturée à la taille par une fine lanière de cuir, ses seins étaient totalement visibles. Ainsi que sa chatte. Elle arborait autrefois une toison brune impeccable. Mais ça, c'était avant. Sa chatte était glabre, on distinguait clairement sa vulve. Ses tétons saillaient, émergeant à travers les fentes de la robe, les faux anneaux étaient proéminents. Une fine chaînette et des anneaux d'or ballottaient sous le tissu. J'avais appris que c'était les armoiries de Goran, preuve que Violet—non, Mindy—était officiellement mariée, qu'elle lui appartenait. Ces bijoux étaient fixés de manière définitive chez la femme de Goran, temporairement chez Violet.

Je lui montrerais à quel point j'aimais ses tétons dès notre retour sur Viken, sans artifices, tout durs. Dans ma bouche.

Je bandais comme un taureau. Je bandais depuis que j'avais versé une abondante quantité d'huile dans mes mains et enduit son corps avec. La nuque et les épaules, le dos et les seins, le ventre et même ses cuisses exquises. Elle resplendissait sous l'éclairage de la pièce. Toute glissante et excitante. Je savais qu'elle mouillait. Je m'en étais assuré avant de terminer de lui prodiguer mes bons soins. Elle s'agenouilla devant Goran et leva vers lui des yeux emplis de désir, ce regard m'était destiné. A moi.

Elle devait être en adoration et mourir de désir pour Goran, je l'aiderais à remplir sa mission. J'avais pas envie que cet enculé lui donne du plaisir. Non. Il ne la désirait pas. Elles se ressemblaient en tous points, mais sa femme, celle qui réclamait ses caresses, répondait à ses exigences, était en convalescence.

Violet m'appartenait. Nous appartenait.

Je détestais la voir comme ça. Exposée aux yeux de tous. La partager avec Calder et Axon était une chose. Permettre à ces mecs de Trion de la reluquer en était une autre. Quant à ce connard de Bertok ... putain. En plus, il était en plein dans mon champ de mire.

Vieux comme Mathusalem, il l'avait dévisagée d'un air lubrique. Les autres hommes admiraient Violet, leurs bites au garde à vous se voyaient aisément sous leur robe, Bertok était le seul à la lorgner avec un intérêt malsain. Il la toisait de ses yeux bleu clair tout en se léchant les lèvres. Je me demandais s'il avait une femme, si elle était toujours de ce monde. Elle était à plaindre, la pauvre.

Une fois que tout serait terminé, je tringlerais Violet. Je voyais ses tétons qui pointaient—comme tout le monde, sous cette putain de tente—je la voyais s'agiter, le pouvoir du sperme agissait, elle avait envie de baiser. Je l'avais tringlée voilà une demi-journée au dispensaire sur Viken. Un laps de temps bien trop long pour une jeune mariée. Les besoins de Violet étaient forcément intenses, elle disposait de trois époux pour la sauter.

Goran ne pouvait pas comprendre, il devait la prendre pour une actrice formidable. Je savais qu'elle avait envie de relever sa robe, d'écarter les cuisses pour que je lui bouffe le minou. Je savourerais sa chatte toute douce, j'enfouirais ma bouche et mon menton dedans. J'enfoncerais mes doigts profondément dans son vagin, je la besognerais et la lécherais jusqu'à ce qu'elle jouisse, sans relâche.

Elle me supplierait. Exigerait que les autres lui procurent du plaisir tandis que je la regarderais, ému, ses yeux parleraient d'eux-mêmes. Son corps était mon temple, je m'assurerais de l'adorer à sa juste valeur. On allait la défoncer sans relâche jusqu'à ce qu'elle n'en puisse plus. Les bijoux en or de Goran étaient de la gnognotte à côté. Des marques d'appartenance dénuées de sens. Comprenait-il qu'il fallait d'abord conquérir le cœur d'une femme avant de pouvoir la considérer comme sienne ? Qu'elle s'abandonne pleinement ? Qu'elle lui accorde une confiance absolue ? Les chaînes et les anneaux d'or étaient juste là pour montrer, avec orgueil, à qui elle appartenait ? Calder le comprenait pleinement, plus que moi encore.

Je revoyais le regard torturé de Goran penché sur le couvercle du caisson ReGen de Mindy, échevelé, les traits tirés, les yeux cernés.

Oui. Il comprenait. Mindy était sa femme ... il ne l'avait pas protégée. Mais elle guérirait. Elle allait récupérer, elle lui appartenait.

Je ne risquais pas de commettre la même erreur ou d'éprouver la même angoisse.

Violet était magnifique, elle jouait très bien son rôle. Elle rayonnait de confiance et de désir, mais pas pour Goran. Pour moi. Pour ses partenaires. Nous étions là, elle comptait sur nous pour assurer sa sécurité, non pas pour qu'on s'éternise sur ses courbes féminines, pour assouvir nos fantasmes sexuels, qu'on lui donne la fessée et qu'on la baise jusqu'à ce qu'elle hurle de plaisir.

Je détournai le regard à regret. Je m'interdis de la regarder. J'avais une mission à accomplir, un assassin à tuer.

Il était hors de question que Violet rejoigne Mindy dans un caisson ReGen. Non, ma femme comptait sur moi pour veiller sur elle. Elle ne serait pas blessée. Ne perdrait pas la moindre goutte de sang.

Celui qui oserait la toucher mourrait.

12

alder

J'ALLAIS TUER CE VIEILLARD.

Ce Bertok. Il était âgé et ridé mais avait de la force. Goran nous avait appris que le conseiller le plus âgé avait au moins quatre-vingt-dix ans.

Il semblait en avoir le double. Je le voyais dévisager le Grand Conseiller Tark avec une haine évidente. Le vieil homme ne cachait pas son mépris. Ce qui, à mon avis, faisait de lui un suspect de choix concernant l'agression de Mindy.

L'ennemi qui se tenait à découvert était rarement celui qui assénait le coup mortel.

Je ne connaissais rien à la politique sur Trion. Je savais que Mindy appartenait à Goran et d'une certaine façon, à Violet, et que Violet m'appartenait.

Enfin, pas encore. Très prochainement. Nous avions encore plusieurs semaines pour la séduire, pour conquérir son cœur. Depuis notre rencontre avec Violet, j'avais développé un certain respect pour Axon et Zed, ses deux autres prétendants. Les deux guerriers se tenaient à l'entrée de la tente, aussi concentrés que moi. Ils ne pouvaient s'empêcher d'admirer une telle vision de rêve.

Cette situation me rappelait chez moi. Son regard éperdu d'amour, sa soumission totale. De retour sur Viken, dans mon village, une femme se comporterait de la sorte pour prouver que son mari était digne d'elle, pour montrer la valeur qu'elle lui accordait. Elle accepterait de se faire tringler sur la place publique, hurlerait fièrement son plaisir devant témoins.

C'était pas si différent. Ils baisaient en privé mais l'offraient à la vue de tous. Je détestais le regard vicieux de Bertok.

Sur Viken, dans le Secteur Un, une femme c'était sacré. On la respectait.

Les yeux bleu clair de Bertok étincelaient de violence et de désir en contemplant Violet. Je connaissais ce regard, un regard de sadique, le regard d'un homme aimant faire souffrir son prochain.

"Quelle surprise de voir votre femme ici, Général, commenta Bertok à haute voix, afin que tout le monde entende. Nous avons appris à notre grand regret qu'elle avait été attaquée et perdu la vie. Ce n'est apparemment pas le cas."

Violet tourna la tête vers le vieillard, son regard doux et amoureux devint froid et calculateur. La différence était assez ténue pour, à mon avis, passer inaperçu parmi l'assemblée.

On lui avait demandé de se taire, de se fier à son *mari*, le Général Goran, ou au Grand Conseiller Tark pour s'exprimer à sa place. Pour défendre son honneur. Je la voyais bouillonner de rage. Elle était convaincue que ce vieillard constituait une menace pour sa sœur, je ne pouvais qu'abonder en son sens.

"La menace était largement exagérée, Conseiller Bertok, répondit Goran d'un ton neutre. Il caressait la chevelure de Violet d'un geste doux et possessif. Mais je vous remercie de vous en soucier. Comme vous pouvez le constater, ma femme est saine et sauve, radieuse et comblée."

Goran se renfonça dans son fauteuil capitonné comme s'il n'en avait rien à foutre. L'arrogance se lisait sur son visage. Apparemment, Violet n'était pas la seule à jouer son rôle à la perfection sous cette tente.

Le Grand Conseiller de Trion, un grand guerrier musclé dénommé Tark, était assis à droite de Goran. Les présentations n'avaient duré que quelques secondes mais je savais qu'il aimait une Terrienne lui aussi, une femme comme Violet. D'après Goran, c'était l'un des meilleurs et plus anciens amis du général. Il n'avait pas l'air content.

"J'aimerais savoir, Conseiller Bertok, qui vous a donné cette fausse information concernant l'épouse du Général, ainsi que les rumeurs qui ont circulé à propos de mon épouse, la belle Eva, enceinte de mon enfant.

Bertok s'inclina légèrement.

—Pardonnez-moi Grand Conseiller. Les fausses informations se propagent à une vitesse vraiment incroyable. Loin de moi l'idée de vous manquer de respect, mes fils ont entendu ces rumeurs de la bouche des soldats et de leurs épouses. Je crains de ne pouvoir vous donner de réponse digne de ce nom."

Menteur. Le vieillard mentait.

Bertok lança plusieurs œillades de son regard bleu à Goran et Tark avant de répondre. Un bref regard en direction de Violet m'assura qu'elle n'avait d'yeux que pour Goran, elle se collait contre lui, appuyait sa tête contre lui comme s'il lui appartenait. Une servante remplit de vin la coupe de Goran et se baissa vers Violet tandis que je me consacrais à Bertok. Il regarda le Conseiller dénommé Roark, le seul autre homme dans l'assemblée marié à une Terrienne.

"Et vous, Conseiller Roark ? demanda Bertok. Où est votre épouse, la belle Natalie ?

Roark leva les sourcils mais ne mordit pas à l'hameçon. Ma femme et mon fils sont sains et saufs chez moi, Conseiller Bertok. Merci de demander de leurs nouvelles. Et votre femme ? J'ai appris qu'elle était enceinte.

Sa femme devait avoir plusieurs dizaines d'années de moins que lui si elle était enceinte. Je plaignais la pauvre femme qui devait supporter ses caresses.

— Elle est morte, comme vous le savez certainement. Morte lors d'un raid de Drover.

Roark s'inclina respectueusement—pour la femme morte, certainement pas pour Bertok.

— Je vous présente mes condoléances. Je peux envoyer des guerriers dans les montagnes si vous avez besoin d'aide. N'est-ce pas la quatrième fois que vous perdez une épouse de cette manière ?"

Son ton impliquait qu'il ne croyait pas un traître mot

des paroles du vieil homme, les épouses de Bertok étaient mortes en toutes autres circonstances. Vu ce salopard, j'imaginais les horreurs qu'il devait faire subir à une femme. Connaissant son vrai visage, le voir lancer des regards lubriques à Violet m'était d'autant plus pénible à endurer.

J'avais envie de le tuer. Je pouvais imaginer la rage que Goran éprouvait, sachant sa femme en train de guérir dans un caisson ReGen.

Violet posa la main sur le tibia de Goran, comme une caresse. Elle l'apaisait. Elle l'aimait. Je ne pouvais pas me résoudre à regarder Violet toucher cet homme plus longtemps. Cette robe me donnait envie de la baiser. Je n'étais pas le seul qu'elle regardait avec autant d'amour et de confiance, Axon et Zed également.

J'étais un sale égoïste. Je le savais. J'avais du mal avec cette idée de partage. Devoir la baiser avec les autres—nous devions lui apporter du plaisir tous les trois—n'était pas tâche facile. Voilà même que je bandais sous ma robe en l'imaginant s'abandonner à nous trois.

Notre Violet était passionnée et intrépide. Au fond de moi, je m'accrochais à ce rêve, de vivre ma vie dans le Secteur Un, et pas sur une île de Viken United. La posséder, moi et moi seul. L'inonder de mon sperme, puis avoir des enfants. La voir courir après eux tandis qu'ils fileraient dans les bois, pour aller à l'école.

C'était un rêve que je faisais depuis que j'étais enfant, je revoyais ma mère me suivre jusqu'à l'école, elle riait et chantait tandis qu'on courait comme des fous en pleine forêt. Elle était si belle, rayonnante de bonheur. Sereine et calme avec toute sa famille. Avec mon père, dont l'humeur était parfois rebelle et imprévisible lorsqu'il revenait des guerres contre la Ruche.

Ma mère nous mettait du baume au cœur. Mais Violet n'avait rien à voir avec ma mère. Violet était rebelle et passionnée. Courageuse et exigeante. Réservée et disciplinée à l'extérieur, son apparente froideur cachait un torrent d'émotion et de désir. D'envie. D'amour. Elle était sagement assise là devant nous, elle était loin d'être calme, c'était une guerrière, elle se mettait facilement en colère et aimait tout aussi facilement. Entre ma mère et elle, c'était le feu et la glace. Des extrêmes. Rien à voir avec la femme de mes rêves.

Mais j'avais besoin d'elle.

Bertok se leva, ce qui provoqua de vives réactions de la part des autres conseillers, Goran y compris, qui se leva à son tour en réponse à cet étrange défi. Bertok était âgé. Il était encore capable de se battre mais trop vieux pour oser affronter n'importe quel guerrier présent dans l'assemblée.

Pourquoi se levait-il ? Pour nous défier ?

Je haussai les épaules in petto et attendis le signal de Goran. Il gardait son calme, je restais campé sur mes deux pieds pour voir ce qui allait se passer. La seule chose que je détestais plus encore que les politiciens, c'était cette putain de Ruche, ça voulait tout dire.

Tark était le seul à rester assis, le dégoût et l'ennui se lisant sur son visage faisait visiblement enrager le vieil homme – ça me faisait bien rire.

Bertok écumait de rage. "Vous êtes tous assis là alors que vous avez épousé des Epouses Interstellaires et vous osez me juger. Vous nous avez abandonné, en laissant une menace planer sur des planètes reculées. Vous avez trahi votre peuple. Vous ne méritez aucun respect ni même de gouverner Trion.

— Seriez-vous en train de me défier, Bertok ?" Tark venait de se lever, tout le monde recula d'un pas afin de permettre à cet homme autoritaire d'occuper l'espace nécessaire pour se battre. Il était immense, portait une épée bien huilée à sa hanche, la lumière se reflétait sur sa lame acérée. Le battre serait un vrai challenge pour toute l'assemblée, Zed et moi y compris.

Je serais prêt à l'affronter pour Violet, mais je ne savais pas qui sortirait vainqueur de la rencontre.

Bertok, de l'autre côté, savait pertinemment qui sortirait perdant du défi qu'il venait de lancer.

"Ne soyez pas stupide, Tark. Bien sûr que non. J'énonce l'évidence. La menace Drover n'a pas été éliminée, j'ai encore perdu une femme. Encore un fils mort-né. Je réclame justice."

Nous nous détendîmes instantanément. Tous sauf Axon, qui déboula dans la pièce. Tous sauf Violet dont le cri perçant emplit mon corps de douleur. Et Zed. Il avait bondi et plaqué au sol la servante qui venait de servir un gobelet de vin à Violet.

Elle avait posé le calice sur une table basse à côté de Violet et Goran, sorti une dague sertie de pierreries de sa robe et avait essayé de plonger la lame dans la gorge nue de Violet.

Axon s'était jeté sur Violet. Plaquée au sol comme si elle était au pied de Goran, elle ne pouvait ni bouger, ni courir, Axon faisait office de bouclier, il la couvrait tandis que Zed maintenait l'agresseur en place, bras levés. Son impitoyable poignard dirigé vers notre femme.

"Voici ton assassin, Goran."

Goran se tourna vers la femme tandis que Roark et Tark assuraient ses arrières, au cas où les autres conseillers ou les gardes essaieraient d'attaquer Goran par derrière.

Moi ? Je ne voyais pas ma femme, ni Zed, je ne pouvais pas entendre les conversations entre ses immenses guerriers Trion enragés qui se dressaient devant le restant de l'assemblée, les épées dégainées, une expression patibulaire sur leur visage. Ils formaient un cercle autour des chefs, une barrière de protection supplémentaire.

C'était arrivé en un clin d'œil. En une fraction de seconde. Nous présumions que l'agresseur était un homme, alors qu'une seule femme, une servante juste là, devant nous, avait tout prévu. Violet aurait été blessée si Zed et Axon n'avaient pas réagi rapidement. Voire, morte, un poignard planté dans la gorge, elle se serait vidée de son sang sur le sable blanc.

Tark leva son épée en direction de Bertok.

"C'est de ton fait, vieil homme ? Si c'est ta servante qui a fait le coup, je te coupe la tête."

Bertok pâlit et s'assit brutalement sur le tapis recouvrant le sol, comme si ses genoux se dérobaient. Un lâche. C'est tout ce qu'il était. Un lâche geignard et pleurnicheur.

"Jamais, jura-t-il. Une femme c'est sacré, Grand Conseiller. Nous mettons un point d'honneur à les respecter, même dans les contrées les plus reculées."

Tark et Roark n'avaient pas l'air convaincu mais il n'y avait rien d'autre à faire tant que l'assassin n'aurait pas subi d'interrogatoire, hormis s'assurer qu'il n'arrive rien à Violet. Tous, sous la tente s'attendaient désormais à une escalade de violence. J'avais retenu la leçon, trop tard, mais je l'avais retenue. J'ignorai le petit jeu entre Tark et Bertok et me focalisai sur l'assemblée, je passai le moindre soldat, la moindre servante, tous les conseillers et les gardes au crible, tout le monde ici présent pouvait constituer une menace. Un agresseur avait été identifié, d'autres pouvaient très bien se cacher parmi eux.

Je faisais confiance à Axon et Zed pour assurer la sécurité de Violet et réalisai, tout en échangeant un bref signe de tête avec Axon, qu'ils comptaient sur moi pour assurer leurs arrières. Je réalisai à cet instant précis que nous formions une vraie famille, nous étions désormais des guerriers et des frères, dévoués envers notre femme, ici pour l'aimer et la protéger. Elle était notre femme.

La nôtre.

Viken United ou ma terre reculée du Secteur Un ? Je m'en fichais. Violet était mon seul et unique refuge. Que Zed et Axon veillent sur elle, lui procurent du plaisir, la comblent, m'ôtait un poids des épaules. Ils veilleraient sur elle en mon absence. Elle les aimait. Elle m'aimait. L'amour se lisait dans ses yeux vu sa façon de s'abandonner sous nos caresses. Elle avait besoin de nous trois, je ne lui refuserais rien. Plus jamais. Je m'étais montré égoïste et stupide, l'idée de la perdre me faisait une peine inimaginable.

Elle nous appartenait. Je me fichais de la couleur des cheveux de notre future fille. Ou quel serait le père qui aurait les yeux brillants de joie et de bonheur en me voyant la lancer en l'air et la rattraper en embrassant sa petite tête. J'avais deux guerriers pour protéger et aimer notre famille.

Nous devions parler à Violet et la convaincre de nous épouser.

Je m'aperçus, en la regardant, que je n'avais pas envie d'attendre notre retour sur Viken.

Je voulais la posséder ici et maintenant.

Et cette fois, personne ne nous en empêcherait.

13

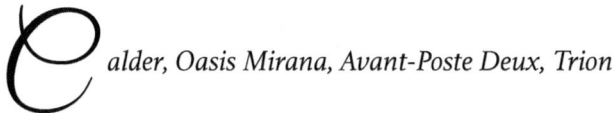

*C*alder, Oasis Mirana, Avant-Poste Deux, Trion

J'AVAIS UNE ENVIE FOLLE DE ME METTRE À POIL ET DE plonger dans l'eau fraîche de l'oasis. Enfin. Je désirais Violet par dessous tout. J'avais envie d'elle tout de suite. J'avais besoin de m'enfoncer dans son sexe, de la partager avec Axon et Zed, on la possèderait ensemble jusqu'à … l'accouplement Viken officiel, c'était tellement bon que j'en avais mal aux couilles. J'avais le cœur serré, j'avais trop envie de lui montrer à quel point elle comptait pour moi, pour nous trois.

Elle représentait notre famille, notre univers.

La raison de notre bonheur. Je me permettais de parler au nom de Zed et d'Axon puisque … nous étions d'accord. Je devais voir les choses en face et être reconnaissant qu'ils fassent partie de sa vie. Grâce à eux elle était saine et sauve, elle n'avait pas été blessée par la servante qui l'avait attaquée.

Mindy était sortie du caisson ReGen et se portait bien. J'en avais rien à faire de Bertok, reparti dans sa baraque au diable. Ce n'était pas lui l'assassin mais je préférais le savoir loin de moi. La servante était sous surveillance dans la prison de l'avant-poste. Elle avait été interrogée, elle avait confirmé avoir agi seule. L'Avant-Poste Deux était à nouveau un lieu sûr.

Nous pouvions à nouveau nous occuper de Violet. Et de rien d'autre. Pas de danger, pas de sœur malade, pas même de postes de gardes royaux. Juste Violet. Elle portait encore cette robe Trion impalpable. Son corps était tout glissant d'huile. Son corps était bien visible, ses tétons saillaient par les trous pratiqués dans le tissu. Elle était le sexe incarné. Décadente et sexy. Voluptueuse et désirable à souhait. J'étais fier de ma femme. Fier que les hommes de l'assemblée l'aient regardé avec désir, ils l'auraient baisée s'ils avaient pu, si elle n'appartenait pas déjà à quelqu'un d'autre. À moi. A Axon. A Zed.

Elle n'était pas originaire de Trion et n'appartenait pas à Goran. Ils bandaient en pensant à une autre femme, ils pensaient qu'il s'agissait de Mindy. Une épouse Trion comblée d'être soumise, comblée par ce que lui procurait Goran.

Sauf qu'il ne s'agissait pas de Mindy. L'habit ne faisait pas le moine. Malgré ses anneaux et ses chaînes. Elle était restée égale à elle-même. Simple et pure. Authentique et nue. Violet dans toute sa splendeur. Sa peau luisait de sueur, de son doux nectar. Elle voulait notre bite, rien que notre bite.

Je la regardais s'agenouiller devant Goran. Magnifiquement soumise. Elle était parfaite dans ce rôle. Elle aimait et adorait son faux époux. Mais je savais pourquoi elle s'agitait. Elle voulait que je lubrifie son cul avec cette huile, que je prépare son orifice parfait pour ma bite. Axon franchirait la barrière de ses lèvres, s'enfoncerait profondément dans sa gorge. Zed lui boufferait la chatte ou enfoncerait sa queue dans sa vulve.

Zed.

Il l'avait préparée en appliquant l'huile nécessaire. Ils aimaient les partenaires bien glissantes sur Trion. Il avait titillé sa chatte lorsqu'il avait écarté ses cuisses et l'avait rasée. On avait regardé. Putain, et pas qu'un peu. Il n'avait eu aucun mal à s'assurer qu'elle soit parfaite dans son rôle d'épouse dévouée. Elle contemplait Goran, avec adoration, le regard éperdu de désir, mais en fait, c'est à nous quelle pensait.

Axon m'avait rappelé le pouvoir du sperme, son désir monterait crescendo à chaque minute écoulée. Encore sous l'emprise de la crainte, de la colère voire de la détermination de voir les coupables trahis en justice, nous ne tenions pas compte du désir de baiser croissant de notre femme.

C'était le cadet de nos soucis après cette putain d'attaque et la folie qui s'était ensuivie, tout ce qui avait compté, c'était sa sécurité.

Mais ici ... elle serait apaisée dans cette oasis cachée qui ressemblait tant à Viken. On allait la baiser. On allait la posséder. On n'allait pas perdre de temps.

"Cet endroit est incroyable. Pas étonnant que Mindy soit tout excitée à l'idée de venir ici !" s'exclama Violet en parcourant un chemin sablonneux parmi l'épais feuillage.

C'était magnifique, on était entourés d'immenses arbres verts au feuillage luxuriant, on se serait crus sur Viken. Nous étions entourés par les couleurs de l'arc-en-ciel—rouge foncé, violet et marron. L'épaisse canopée assombrissait le ciel. Le chemin allait en s'élargissant, Violet poussa un cri, Axon se plaça à côté d'elle. Elle s'arrêta et contempla le paysage.

Une vasque d'eau souterraine entourée de rochers. Alimentée par une source naturelle, le clapotis de l'eau se mêlait au bruissement des feuilles. Un mélange de mousse verte et de terreau fertile. Humide, comme l'air. On avait l'impression d'avoir abandonné l'avant-poste pour pénétrer dans une bulle.

Nous *étions* seuls. Goran m'avait assuré que nous serions seuls dans l'oasis Mirana pour le restant de la journée. Les gardes nous avaient montré le chemin—nous ne l'aurions jamais trouvé sans leur aide—ils restaient à l'extérieur, ils préservaient notre intimité et veillaient sur nos vies. Je ferais certainement moins attention aux alentours ou à sa sécurité lorsque je serais enfoncé jusqu'aux couilles dans la chatte de ma femme.

"C'est magnifique," murmura Violet en regardant l'eau. Elle s'agenouilla au bord, sa robe lui collait aux jambes, et elle trempa les doigts dedans. Elle écarquilla les yeux et arbora un grand sourire. "Elle est chaude !

— Alors on va se baigner," dit Zed, en enlevant son vêtement Trion.

Je retirai mes chaussures, Axon fit de même. On était tout excités en songeant à Violet toute glissante sous nos doigts.

Violet retira sa robe sans qu'on ait besoin de lui dire deux fois. "Je ne me suis jamais baignée à poil."

Une fois nue, nous nous arrêtâmes et la contemplâmes tous les trois. J'avais fait un arrêt sur image, ma chemise à la main. Sa peau était toute luisante d'huile, ses courbes ressortaient. Ses seins arboraient encore les chaînettes et les anneaux aux armoiries de Goran, ils ballottaient sur son ventre.

Tous les hommes sous la tente auraient voulu la voir ainsi. Mais elle nous appartenait, à nous et à nous seuls.

Elle était si belle, j'avais du mal à croire qu'elle m'appartenait. Nous ne l'avions pas touchée comme nous l'aurions voulu depuis notre arrivée sur Trion. Deux jours. Ça faisait deux jours qu'on se l'était partagée, qu'on l'avait touchée, on lui avait pas rappelé à qui elle appartenait. Comme dirait Goran, *ça faisait chier*. Notre femme était restée bien trop longtemps sans sperme.

Je bandai instantanément en voyant ses courbes voluptueuses. Non, je bandai d'autant plus. Elle portait des bijoux comme une épouse Trion, bien qu'elle n'en soit pas une. Ce n'était pas Mindy.

"Tu as besoin d'aide pour enlever tes anneaux de tétons ?" demanda Zed en montrant ses bijoux désormais superflus.

Violet baissa la tête, comme si elle avait oublié qu'elle les portait. Elle prit un sein en main et s'attela délicatement à enlever l'anneau. Ils étaient bien collés mais elle parvint à le décoller au bout d'un moment.

Je poussai un gémissement en la voyant toucher son sein. Le téton désormais nu était tout dur, la peau tendre rougie par la colle, elle avait dû batailler pour enlever l'anneau. Elle enleva doucement l'anneau de son autre téton, la chaînette tomba en tas sur le sol souple.

"Putain oui, soufflai-je. Elle me plaisait comme ça. Elle était naturelle, superbe, parfaite pour mes goûts Viken. Impossible de rater les bites de Zed et Axon, ils bandaient eux aussi comme des taureaux sous leurs robes Trion.

— J'ignore ce que signifie 'se baigner à poil', répondis-je. Mais si ça veut dire se baigner nu dans cette vasque d'eau tiède, je n'ai jamais essayé non plus. Ce sera une première pour nous deux."

Nous la regardâmes entrer dans l'eau, la vasque était en pente douce, l'eau lui arrivait à la taille. Elle plongea d'un mouvement fluide et disparut sous l'eau, elle sortit reprendre son souffle et sourit. Ses longs cheveux lisses et bruns lui tombaient dans le dos. Ses seins surnageaient, ses tétons durcis affleuraient à peine.

Oh oui, vive la baignade à poil.

Je jetai ce qui restait de ma robe Trion et la suivis dans l'eau effectivement chaude. Je plongeai sous l'eau à mon tour, ouvris les yeux et vis les jambes de Violet, les replis de sa vulve. Je nageai vers elle, l'attrapai et la pris dans mes bras en fendant l'eau. Sa peau était toute glissante d'huile, des gouttes surnageaient.

Elle s'agrippa à mes épaules en rigolant.

"Ah, femme j'adore te voir sourire. Ta joie me fait chaud au cœur."

Axon et Zed nous avaient rejoints, nous éclaboussant au passage. Nous l'encerclions. Violet était au milieu, pile au bon endroit.

Elle était dans mes bras, elle ne touchait pas le fond, nous arrivions à tenir à trois. Je sentais la mousse douce sous mes pieds au fond de la vasque. Mes mains glissèrent de sa taille à ses fesses, j'enroulai ses jambes autour de ma taille. Ma bite se lova entre nous, s'appuyant contre nos ventres, épaisse et longue. Je sentis ma semence couler de mon gland et imprégner sa peau. Mais dans l'eau, le pouvoir était dilué, elle ne faisait que gémir et s'agiter.

Zed et Axon se regardèrent, me regardèrent. Hochèrent la tête.

Oh putain oui.

On allait la posséder ici-même. Pour la première fois. On allait la baiser non-stop, jusqu'à ce qu'on soit rassasiés, pendant des heures. Des heures entières.

Nous nous étions débarrassés de la poussière de l'avant-poste. La sueur générée par la chaleur des deux soleils avait disparu. Le monde en dehors de l'oasis n'existait pas. Tout ce qui importait se trouvait entre mes bras.

Zed et Axon prirent chacun une de ses mains, l'aidèrent à se mettre sur le dos, elle flottait entre nous. Elle était allongée, toute luisante et mouillée, ils la maintenaient par les épaules. Ils l'effleuraient de leurs mains libres. Ils ne se gênaient pas. Ses seins, son ventre.

"Calder ! cria-t-elle, le menton incliné vers les deux soleils, les yeux fermés.

— Tu es toute étroite, toute mouillée, murmurai-je. Elle était toute chaude, les parois de son vagin se contractaient et attiraient mes doigts de plus en plus profondément. Ça fait longtemps, femme. Tu veux que tes hommes te baisent ?

— Oh, mon dieu oui."

Je ne risquais pas d'attendre une seconde de plus

pour lui donner ce dont elle avait besoin. J'ondulai des hanches, plaçai ma bite devant l'entrée de son vagin et m'enfonçai profondément. Mes coups de boutoir habituellement frénétiques se firent longs et langoureux. Elle était encore plus chaude que l'eau, ma bite savourait sa chaleur. Je sus à quel moment précis ma semence enduisit les parois de son vagin, elle se contracta, elle serra ses jambes autour de ma taille. Ses tétons durcirent, son dos se cambra. Elle jouit. Oui, elle en avait besoin. Elle avait besoin d'oublier, de ressentir, après ce qu'elle avait subi. De savoir que ses époux seraient là pour elle, pour la protéger. Pour l'aimer. Pour lui donner exactement ce dont elle avait besoin.

Putain quel spectacle. Je bougeai à peine en elle, je me retins, tout au fond, profondément enfoui, je la sentais se contracter sur moi et m'enduire de ses fluides.

"Regarde Zed. Regarde Axon. Regardez comme notre femme prend ma bite. Comme elle est cuisses grandes ouvertes entre nous trois. On lui donne ce dont elle a besoin. Une bite ne te suffit pas, n'est-ce pas Violet Nichols de la Terre ?"

Elle ouvrit les yeux en entendant son nom et son prénom, et nous regarda Axon, Zed et moi.

Elle secoua la tête, ses cheveux bruns ondoyaient dans l'eau sur ses épaules.

"Non.

— Tu as besoin de tes trois époux. Tu as besoin de Zed, Axon et moi.

Ce n'était pas une question mais une affirmation. Je m'étais trompé, j'en prenais conscience.

— Oui," répéta-t-elle.

Elle se lécha les lèvres, Zed poussa un gémissement étouffé.

Mes hanches ondulaient de leur propre chef, j'avais trop besoin de m'activer en elle. J'avais besoin de me vider les couilles, de la remplir de tout ce sperme accumulé depuis que je l'avais baisée sur la table dans mes appartements sur Viken. Ces quelques millimètres supplémentaires, profondément enfoncé en elle, symbolisaient le pur bonheur.

"Si tu veux de nous trois, qu'il en soit ainsi. On ne va pas se battre pour que tu nous appartiennes individuellement. Te partager ne signifie pas pour autant profiter de toi par bribes. On te veut tous les trois en entier. Tu incarnes tout ce dont on a toujours rêvé.

— Oui," chuchota-t-elle.

Nous n'avions pas besoin de la forcer. Elle en était aussi convaincue que nous. Elle savait ce qui l'attendait.

"Le moment est venu, poursuivis-je. Ma bite est en toi, il est temps de passer à l'accouplement officiel. Acceptes-tu que nous soyons tes trois époux légitimes ?"

Je me retirai. Violet poussa un gémissement et essaya de se redresser. Zed et Axon l'aidèrent, elle se retrouva dans mes bras, ses jambes autour de moi, ma verge pressée entre nous. Je lui avais donné le pouvoir du sperme que son corps réclamait à cor et à cri mais je voulais entendre sa réponse claire et nette, indépendante du besoin qu'elle éprouvait.

L'eau ruisselait dans son dos, ses tétons durcis se plaquaient contre ma poitrine.

"Je veux encore sentir ta bite en moi, gémit-elle.

Je lui souris.

—D'accord. Je vais te la donner. Je vais te sodomiser

bien profond. Zed enfoncera sa bite dans ta chatte et Axon glissera la sienne dans ta jolie bouche.

Elle s'agita, frotta sa vulve contre mon sexe.

— Oui je vous en supplie, murmura-t-elle, elle se pencha et lécha mon cou mouillé.

Je regardais Zed et Axon derrière elle.

— Maintenant."

Ils avancèrent dans l'eau, je me tournai pour suivre le mouvement, je ne quitterais pas notre femme des mains jusqu'à ce qu'elle soit allongée sur la mousse douce, elle était splendide devant nous. Le moment était venu. J'allais la partager avec ses deux autres partenaires, elle serait à nous. Pour toujours. Nous allions devenir la famille dont je rêvais, je me projetais dans l'avenir, nous accueillerons tous les enfants qu'elle voudrait bien nous donner. Pour le moment, on allait la baiser sans relâche. On allait s'entraîner jusqu'à ce qu'elle soit d'accord pour retirer son implant contraceptif et que le sperme puisse prendre racine. Pour qu'elle soit fertile.

J'étais heureux. Je me sentais enfin entier ... grâce à Violet.

14

ed

REGARDEZ-MOI ÇA. ELLE ÉTAIT SUBLIME. NATURELLEMENT soumise ... parfois. Je souris, je savais pertinemment qu'elle ne serait jamais totalement soumise, ça me convenait parfaitement. Je n'avais pas envie qu'elle soit comme Mindy. Je n'avais pas envie qu'elle soit à mes pieds, sous mon évidente domination. J'aimais Violet telle qu'elle était. Audacieuse, rebelle, brillante, passionnée, courageuse, téméraire et sexy en diable. Elle incarnait tout ce que je recherchais chez une femme ... et bien plus encore. Ici, seule avec ses deux époux, elle pouvait se soumettre à sa guise. Mais je voulais gagner son cœur. Plus encore que sa soumission.

"Acceptes-tu qu'on te possède ? Ici ? Maintenant ? Tous les trois ?" demandai-je.

Violet me regarda d'un air volontaire. L'amour,

l'excitation et l'acceptation se lisaient dans son regard. Non par obligation, mais par *envie*. Calder lui avait donné un avant-goût de la puissance de notre sperme, je m'attendais à ce que l'eau atténue son intensité. Assez pour apaiser ses besoins, mais pas suffisamment pour la faire succomber. La réponse devait émaner de Violet, claire et nette.

Et dire qu'il y a quelques jours à peine, elle était à deux doigts de nous claquer la porte au nez de son appartement sur Terre. On avait partagé tant de choses. La Terre, Viken, Trion. On l'avait emmené voir sa sœur—elle n'avait pas intérêt à recommencer si elle ne voulait pas qu'on lui botte le cul au point de plus pouvoir s'asseoir pendant une semaine—et maintenant elle était avec nous, dans ce vrai paradis.

Elle fit mine de se redresser mais je levai la main. Elle s'arrêta.

"Reste comme ça. Montre-toi à tes trois hommes tout en prononçant la formule consacrée."

Elle se lécha les lèvres, bien que son corps soit déjà mouillé. Des perles glissèrent sur son ventre et ses hanches, ses cheveux dégoulinaient sur ses seins. Plus bas, elle était toute mouillée, mais pour une raison entièrement différente.

"J'accepte notre union. Avec toi, Zed. Avec Axon et Calder également. Elle nous regarda tour à tour. Je veux être votre partenaire, votre femme. Pour toujours."

Je m'agenouillai à côté d'elle, la terre douce et moelleuse faisait office de coussin. Je me penchai, l'embrassai doucement et tendrement. Axon, qui avait gardé le silence jusqu'alors, s'installa entre ses cuisses écartées. Il l'embrassait, mais bien plus bas. J'avalai son cri de plaisir, Axon léchait et branlait sa chatte à grands coups de langue.

"Tu es trempée, femme, déclara Axon, la voix rauque, entre ses jambes.

Elle poussa un cri, je relevai la tête et regardai ses yeux sombres. Qu'est-ce qu'Axon est en train de te faire ?

— Il ... il me lèche, gémit-elle.

— Quoi d'autre ? demanda Calder, face à moi.

Elle tourna sa tête vers lui.

— Il a deux doigts—

— Trois, clarifia Axon.

—... en moi. Il a trouvé ... oh mon dieu, il a trouvé mon point G, je vais jouiiiir !"

Elle se cambra et ferma les yeux. Sa peau se marbrait de rouge. À commencer par ses joues, puis son cou et sa poitrine. Jusqu'à ses seins, désormais de la même couleur que ses jolis tétons durcis. Je les aimais sans rien, sans aucun bijou.

Une fois comblée, le souffle court, elle resta allongée, rassasiée, épuisée, le sourire aux lèvres. Elle arborait une expression de pur bonheur. Elle gardait les yeux fermés. Axon se rassit sur ses talons.

"Encore, souffla-t-elle. J'ai encore envie.

Je contemplai Calder.

—Tu as ce que Goran nous a donné ?

Il sourit, hocha la tête et se pencha vers la pile de vêtements.

— Tu n'es pas encore prête à nous prendre tous les trois en même temps, femme.

Elle me regarda.

— Si.

Je la regardai d'un air interrogateur.

—Tu veux une fessée pour désobéissance ou tu préfères que je te saute ?

— La fessée, tu sais bien que j'aime quand tu me frappes. Elle se mordit la lèvre un instant, comme si elle réfléchissait. Mais tu sais que j'adore te sentir en moi.

— Excellente réponse.

J'agrippai ses hanches, m'allongeai sur le dos et l'installai sur moi. Elle me chevaucha instinctivement, assise sur ma taille.

—Zed ! cria-t-elle, mon mouvement rapide la prit par surprise.

— T'es toute douce et mouillée suite à cet orgasme, n'est-ce pas ?

Elle acquiesça.

— Alors ma bite va entrer comme dans du beurre.

Les mains toujours sur ses hanches, je la soulevai, l'installai sur moi et l'abaissai, mais elle insista pour s'asseoir sur mes cuisses. Je la pénétrai jusqu'aux couilles.

Je soufflai, Violet posa ses mains sur ma poitrine en gémissant.

— Gentille fille. Tu mouilles pour ma queue, mais t'es pas prête pour Calder.

Il se plaça derrière elle, j'écartai les jambes pour qu'il ait de la place.

— Goran nous a offert un petit cadeau en guise de remerciement.

Calder passa la petite fiole en verre sur son corps afin qu'elle la voie.

— Du lubrifiant pour préparer ton cul en vue de la sodomie.

Calder ôta le bouchon et fit tomber quelques gouttes sur ses doigts, Violet me regarda et demanda :

—Le cadeau de Goran, c'est du lubrifiant ?

L'odeur d'amandes douces se mêlait à celle de la terre et des arbres.

Elle agrippa ma poitrine tandis que Calder touchait son anus.

— Oh mon dieu, souffla-t-elle.

Je soulevai ses hanches et la baisai.

— Comme ça ?

Elle se mordit la lèvre et hocha la tête.

— Encore, Calder, lui dis-je.

Il fit couler l'huile parfumée sur ses doigts et retourna à ses préparatifs. Je ne voyais pas ce qu'il était en train de faire, je contemplais les émotions, les sensations qui passaient sur le visage de Violet.

Je ne pouvais plus me retenir. J'étais en elle depuis trop longtemps. Je commençai à la besogner, je la soulevai, je l'empalai tout en la pilonnant. Nos peaux claquaient sauvagement l'une contre l'autre. Je sentis les doigts de Calder à travers la fine membrane de chair qui les séparait de ma verge, j'avais l'impression que le vagin de Violet avait rétréci.

"Ne m'oublie pas, femme," dit Axon en s'agenouillant auprès de Violet. Elle s'approcha et prit sa bite dans sa bouche.

Elle était de toute beauté, ses seins se balançaient pendant que je la baisais, la sueur perlait sur sa peau. Elle était focalisée sur la queue d'Axon, épaisse et longue, une goutte de sperme s'écoulait de son méat.

Elle se lécha les lèvres un instant et se pencha pour lécher la gouttelette laiteuse. Elle ferma les yeux en gémissant. Je sentis son vagin se contracter sur mon sexe tandis qu'elle jouissait.

"Putain, elle est super étroite, souffla Calder tandis qu'elle succombait au pouvoir du sperme. Et prête. Elle m'a accueillie en beauté. Une pure merveille.

Je sentis qu'il retirait ses doigts de son vagin et la branlait jusqu'à ce qu'elle ait un orgasme, Calder enduisit son sexe d'huile.

— Gentille fille, prends-la bien profond, dit Axon.

Il posa sa main derrière sa tête et la guida à l'endroit désiré. Je la vis ouvrir grand la bouche et la bite épaisse d'Axon disparu, centimètre par centimètre.

—Putain," grogna-t-il.

Elle gémit lorsque Calder se présenta devant son anus. Je le sentis s'appuyer, il força le passage, émettant un petit 'pop' en franchissant le muscle étroit qu'il venait de besogner.

Elle gémit lorsque nous nous mîmes à la baiser en tandem, nous lui laissions le temps de s'adapter afin de la pénétrer à fond, la bite de Calder s'enfonçait de tout son long.

Elle effleura, caressa son corps et prit ses seins en main tandis que je le regardais. Il hocha la tête une fois et commença à se retirer.

"On est tous les trois en toi. Tu nous appartiens, femme. Tu es à nous," grondai-je. Nous ne formions plus qu'un.

Violet

Oh. Mon. Dieu. J'aurais jamais imaginé un truc pareil.

Lorsqu'ils avaient parlé d'accouplement dans mon appartement en Floride, j'avais pensé à un film porno hard. Trois mecs, trois bites, trois orifices.

Mais ce n'était pas le cas. Enfin, si. Zed était enfoncé dans mon vagin jusqu'à la garde, Calder me dilatait le cul et je suçais Axon, je sentais sa verge grossir et palpiter sur ma langue à chaque fois qu'il s'enfonçait d'un centimètre supplémentaire. Je savais que le pouvoir du sperme y était pour beaucoup, on aurait dit un shoot d'héroïne dans les veines, mais il n'y avait pas que ça. Ces trois hommes étaient parfaits.

Ils me répétaient inlassablement que je leur appartenais. A moi. *A moi*. Je les croyais, vu leurs paroles et leurs actes. Complètement. Je leur appartenais mais eux aussi m'appartenaient. A MOI !

Oui, trois hommes torrides, courageux, brillants et sauvages rien qu'à moi. Ils s'étaient rencontrés grâce à moi, c'était grâce à moi si nous formions une mini famille. J'étais celle qui nous connectait, celle grâce à laquelle nous éprouvions du plaisir. Ils me prouvaient leur amour via cet acte intime, le fait que je les accepte tous les trois en même temps prouvait qu'ils étaient tous égaux à mes yeux, que je voulais bien d'eux. Tous ensemble.

Ils revêtaient la même importance.

Je goûtai la semence sur ma langue juste avant que le pouvoir du sperme ne déferle. Mon vagin se contracta, mon anus rétrécit, mes tétons durcirent. J'en avais envie. Je ne pouvais rien faire hormis gémir, succomber au plaisir, les sentir tous les trois en moi.

Je me sentais remplie avec Calder et Zed en même temps. Avec la double pénétration c'était ... très étroit.

Mais l'huile d'amande douce avait facilité le passage. Il s'était servi de ses doigts pour me dilater et me besogner en guise de préliminaires—j'avais déjà été sodomisée—je savais à quoi m'attendre. Comment m'enfoncer et me détendre. Le laisser me pénétrer. C'était étroit, ça brûlait, mais avec la bite de Zed dans ma chatte en même temps, c'était ... indescriptible.

Je ne pouvais pas exprimer ce que je ressentais puisque j'avais la bouche pleine de la grosse bite épaisse d'Axon. Il empoignait la base de son sexe pour bien faire attention de ne pas y aller trop fort. Je lui avais déjà fait une gorge profonde, il faisait peut-être attention, sachant que j'avais déjà deux sexes enfoncés en moi.

Je suçais, léchais, avalais et branlais sa chair toute chaude. Son sperme giclait sans relâche dans ma bouche, je savais, ainsi qu'à sa façon d'enfoncer ses mains dans mes cheveux, qu'il aimait ça.

Calder posa ses mains sur mes seins, il soutenait la partie supérieure de mon corps. Zed me tenait par les hanches. Je ne pouvais ni bouger, ni m'enfoncer plus profondément, ni onduler des hanches pour leur faire part de mes envies. Je ne pouvais que ressentir.

C'est ce que je faisais. La bite toute chaude de Zed coulissait dans ma vulve, je secrétais des fluides, je faisais en sorte que son énorme gland frotte contre mon point G à chaque fois qu'il se renfonçait. Calder touchait mes terminaisons nerveuses à chacun de ses mouvements, son gros gland dilatait mon anus à chaque fois qu'il se retirait, mon orifice s'écartait dès qu'il me sodomisait de nouveau.

Je gémis, griffai, m'agitai, le désir montait crescendo, il se mua en orgasme continu. Le sperme sur ma langue jouait son rôle. Zed gémit et jouit, il éjacula si violemment en moi que je ne savais plus où j'étais. Calder le suivit de près, je serrai leurs sexes avec mes muscles, je fis en sorte que leurs couilles éjaculent un maximum de sperme.

Axon se retira suffisamment de ma bouche pour que je pousse un hurlement de plaisir. Mes muscles étaient engourdis, contractés, j'étais contente qu'ils me soutiennent. Je nageais dans un océan de sensations. Je flottais, je criais, je savourais.

Axon prit instinctivement mon visage dans sa main. Au lieu d'enfoncer sa verge dans la bouche, il glissa juste le bout et l'appuya sur ma langue. Je la sentis s'agiter, le sperme gicla sur ma langue, j'en avais partout. Je ne pouvais même pas avaler, je me contentai de le recueillir jusqu'à ce qu'il n'en ait plus.

Il recula une fois ses couilles vidées. Je fermai la bouche et avalai, une vague de chaleur me submergea. Je ne pouvais pas crier cette fois-ci, seulement gémir.

J'étais allongée sur la poitrine de Zed et continuai de gémir. Je pleurais, j'étais en nage.

"C'est trop," criai-je.

Calder se retira doucement et prudemment, on me souleva, j'atterris dans les bras musclés de Zed. Des mains me caressaient, effleuraient ma peau sensible. Ils me berçaient, chuchotaient. Admiration, amour, tendresse. C'était trop. Le plaisir, la sécurité, l'affection. Et dire qu'il y a quelques jours encore, j'ignorais tout de leur existence, je les avais rejetés. S'ils ne s'étaient pas montrés si entêtés et désireux de ma personne, je ne les aurais jamais rencontrés. Je n'aurais jamais connu un tel plaisir, un tel amour. Je n'avais pas un seul époux, mais trois. Trois !

J'étais au septième ciel grâce à eux.

Tout ce dont je me souvins avant de me lover contre eux et de m'endormir, comblée, fut d'avoir entendu un, "On t'aime." Je savais que ma place était ici. La planète importait peu. La Terre, Viken ou Trion, n'importe quelle autre planète de la galaxie. Mes époux étaient mon refuge. J'étais à eux, et à eux seuls.

ÉPILOGUE

Axon, Résidence Temporaire de Goran & Mindy, Trion, Avant-Poste Deux

"C'EST GENTIL DE LA PART DES TROIS ROIS DE NOUS AVOIR permis de prendre quelques jours," dis-je, en pénétrant dans la somptueuse tente temporaire de Goran et Mindy. La grande structure avait été érigée à proximité de celle du Grand Conseiller Tark. La réunion annuelle des conseillers se tenait cette année sur l'Avant-Poste Deux du Continent Sud. Nous n'étions qu'à quelques jours de route de la demeure du conseiller Roark, de la plus grande ville de Trion, un endroit magnifique appelé Xalia City.

Mindy ne résiderait pas là-bas. La réunion terminée, tous les conseillers retourneraient dans les territoires placés sous leur commandement. Le Général Goran retournerait sur le Continent Nord, à proximité de l'Avant-Poste Neuf, cet enculé de Bertok regagnerait ses contrées désolées. Vu qu'il était le bras droit du Grand Conseiller Tark, la résidence permanente de Goran se situait non loin des bâtiments où Tark gouvernait. Ils étaient très luxueux. Il avait juré, lorsque Mindy et Violet s'étaient contactées au début, que sa femme adorait cet endroit. Vu les descriptions de Mindy et les photos que Goran avait montré à Violet et nous trois, il avait raison. Mindy serait parfaitement protégée et jouirait de tout le confort dès que le général ramènerait sa jeune épouse chez lui. Tout comme Violet, si nous parvenions à partir d'ici et revenir sur Viken, chez elle. Dans le château, auprès de la Reine Leah, *nous* serions là pour la choyer et la protéger.

Tout ce qui m'importait était qu'elle soit à *nous*. Je me fichais de notre lieu de résidence. J'avais quitté ma maison du Secteur Trois il y avait bien longtemps, je ne me souvenais même plus à quoi elle ressemblait, j'avais oublié les odeurs qui y régnaient. J'étais sur Viken United depuis que j'étais rentré des guerres contre la Ruche, je considérais cette ville comme un amas de bâtiments et de pierres, le symbole du devoir, jusqu'à ce que nous fassions la connaissance de Violet.

Zed était nouveau dans la capitale Viken, il avait débarqué de l'IQC situé dans le grand Nord quelques heures à peine avant de partir sur Terre chercher notre femme.

Et Calder ? Il s'était montré têtu, une fois n'était pas coutume. Mais l'amour de Violet et sa nature soumise prouvaient bien son amour ? Il ne pouvait pas le nier.

Nous formions officiellement une famille, l'accouplement avait eu lieu—grâce à ma conversation avec le Roi Drogan, le roi avait grandi dans mon secteur

—notre mariage avait été officiellement enregistré dans les registres Viken.

Rien ne nous enlèverait Violet. Son regard était empreint de tristesse en contemplant sa sœur. Elle lui manquerait tant. Au cours des deux dernières heures, elle avait discuté du décalage temporel entre Viken et Trion.

Un jour chez Mindy équivalait à cinq semaines chez Violet. Deux ans chez Mindy équivalaient à quinze années pour Violet.

Elles pleurèrent, tombèrent dans les bras l'une de l'autre pour partager leur peine.

"Les trois rois nous ont permis de passer du temps avec notre femme. Ils se sont montrés généreux, vu le décalage temporel.

— C'est toujours ça de pris, hein ? demanda Violet. Elle s'écarta de Mindy, les deux femmes s'essuyèrent les yeux.

— Oui ma chérie. C'est toujours ça de pris." Ça faisait des heures que ça durait. Au moment où Mindy s'était réveillée de son caisson ReGen, elles avaient poussé un cri perçant à vriller les tympans. Les rires avaient cédé la place aux larmes, puis aux rires.

Je trouvais les femmes vraiment fofolles. Mais elles n'avaient pas besoin de le savoir. Les voir pleurer m'avait serré le cœur, une idée radicale m'était venue à l'esprit. J'avais couru trouver le Grand Conseiller Tark—il m'avait donné sa permission—et le Roi Drogan. Mon idée avait été susceptible de lui plaire ... si nous devions en passer par là pour contenter notre femme.

"Je me suis entretenu avec le Roi Drogan. Notre mariage est officiel."

Je ne pouvais m'empêcher de sourire, d'autant plus

lorsque Violet bondit sur ses pieds, courut, se jeta sur moi, me sauta à cou et m'embrassa à pleine bouche.

Tout le monde se retourna pour regarder le spectacle. Je savais que Calder et Zed seraient aussi ravis que moi. Je reculai et contemplai ma femme splendide, elle me regardait d'un air interrogateur. J'en avais discuté avec eux avant de soumettre mon idée au roi, nous nous étions mis d'accord mais n'en avions pas parlé à Violet avant d'avoir la réponse.

Je leur adressai un léger signe de tête, Zed sourit. Calder cligna doucement des yeux, il contemplait la joie de Violet, blottie contre moi, et sa sœur jumelle, si semblable à notre femme. Mindy se blottit contre Goran, elle souriait à travers ses larmes.

Je m'étais entretenu avec le Roi Drogan en privé. Notre séjour prolongé l'avait peut-être offusqué, je ne voulais pas que Mindy le sache. Ce n'était pas de sa faute si l'écart temporel entre les planètes était si notoire.

"Ça fait deux jours à peine," répondit Mindy.

J'escortai ma femme jusqu'au canapé et m'assis à l'autre bout, Calder se tenait à l'opposé. Calder se leva et attira notre femme vers lui, elle s'assit de côté sur le canapé, dos contre Calder. Je pris ses pieds, les levai et me rassis en les posant sur mes genoux.

"Oui mais deux jours sur Trion équivalent à quinze semaines sur Viken, dit Calder.

Elle écarquilla les yeux.

— Je sais, je ne veux même pas y songer. C'est trop bizarre.

—C'est la physique, lança Mindy. Comme ce film qu'on a vu y'à des années, *Interstellaire*. Tu te souviens ?

Dix minutes sur cette planète équivalaient à vingt-cinq ans pour le mec à bord du vaisseau.

— Un film bizarre. C'est impossible, non ?

— C'est la science.

Violet soupira.

— Je déteste cette matière.

Mindy rigola.

—Carrément."

Je frottai le pied nu de Violet, j'appuyai mon doigt contre sa voûte plantaire. Mon autre main glissa sur sa cheville, la longue robe Trion remonta. Calder aimait parader avec sa femme. Je voulais juste voir ce qu'il y avait dessous. Le tissu diaphane ne cachait pas grand-chose—notre femme ne portait bien évidemment plus les bijoux de tétons ou la chaînette et les anneaux prouvant qu'elle était mariée avec un guerrier Trion—je voyais ses tétons roses pointer à travers la robe.

On l'avait possédée en beauté la nuit dernière. On s'était endormis après l'avoir prise à trois, puis, on l'avait baisée en solo. J'étais passé le premier, je l'avais allongée dans l'eau chaude pour la laver, mais j'avais en définitive profité de ma place confortable entre ses jambes écartées pour la tringler. Doucement et tendrement, ses cris de plaisir avaient réveillé les autres. Ils étaient restés sur la berge, à regarder.

Zed l'avait emmenée dans les buissons après que Goran nous ait fait apporter un repas frugal, on avait entendu ses cris de plaisir à peine étouffés par l'épaisse frondaison. Une fois les soleils couchés, Calder l'avait mise à plat ventre, l'avait enduite d'huile d'amande douce de la tête aux pieds, quand elle avait été bien détendue et presque endormie, il l'avait sodomisée doucement mais sûrement.

Zed et moi l'avions regardé faire, on s'était branlés en voyant notre femme accueillir Calder en entier, il avait joui en elle, son sperme giclait sur sa peau glissante. Elle s'était évanouie sous l'effet du pouvoir du sperme, Calder l'avait emmenée dans l'eau pour la laver de nouveau mais elle ne s'était pas réveillée.

Elle se trouvait entre Zed et moi, alanguie et comblée. Calder contemplait notre femme, assise dans un fauteuil face à nous.

"La Reine Leah est enceinte.

— C'est vrai ? demanda Violet, le sourire aux lèvres. J'en étais sûre. Ils adorent leur petite fille. Elle a besoin d'un petit frère pour lui courir après et lui tirer les cheveux.

— Et toi, Violet ? Tu m'as assez maternée, tu ferais une mère parfaite," rétorqua Mindy.

Goran était confortablement assis à côté de Calder, Mindy à ses pieds, ses jambes repliées sous elle, installée entre ses genoux, un bras autour de son tibia, sa joue appuyée sur son pantalon au niveau de la cuisse. Elle portait une robe rouge foncé mais les anneaux de tétons, les chaînes et les disques étaient bien visibles. C'était érotique mais ne me disait strictement rien. J'adorais les seins de Violet et je n'en voulais pas d'autres. Je n'avais pas besoin de bagues, de bijoux, de sex-toys ou autre pour donner du plaisir à notre femme.

Ces femmes identiques partageaient le même ADN. Mais leurs personnalités et leurs désirs étaient radicalement différents. Violet, tout comme Zed, était plutôt dominatrice, elle se montrait aussi plus soumise, mais pas au point de s'abaisser comme Mindy. Mindy, assez bizarre et le verbe haut, n'aurait pas pu supporter un partenaire aussi détendu que moi, ou que Calder, à la rigueur. Elle n'aurait pas pu supporter trois maris, trois exigences.

Voilà pourquoi Mindy avait épousé Goran sur Trion tandis que Violet retournerait avec nous sur Viken dans quelques heures.

"J'aimerais bien avoir des enfants un jour, déclara Violet. Je suis déjà assez occupée avec trois époux, je ne peux pas m'encombrer d'un bébé pour l'instant.

Mindy me sourit et regarda Zed et Calder.

— Oui, je vois que tu apprécies leurs marques d'attention. Tu dors debout. C'était *bien* l'oasis ?

— Mindy, la reprit gentiment Goran.

Elle regarda son mari.

— Quoi ? Elle a l'air épuisée. Je pensais qu'elle serait tombée enceinte avec trois amants.

—Ne m'oblige pas à te donner la fessée devant ta sœur et ses maris, la prévint Goran.

— C'est la stricte vérité, rétorqua-t-elle.

Je regardai Violet pour voir si elle était contrariée par le langage un peu cru de sa sœur. Elle rougit, roula des yeux, je la savais légèrement agacée.

Mindy semblait s'en être aperçue, même sans regarder sa sœur.

— Violet, ne t'avise pas de faire ça. Je sais que tu me fais les gros yeux.

Violet éclata de rire, brisant le moment pesant qui s'était installé entre Mindy et son mari.

— Je ne vois pas la fessée comme une punition. Plutôt comme ... Violet regarda Zed, une lueur de désir brilla dans leurs yeux. Des préliminaires. Tu ferais mieux de réfléchir à autre chose, Goran. C'est pas une fessée qui la calmera.

C'était au tour de Mindy de rire.

— Ma chère sœur, il vaudrait parfois mieux que tu gardes tes réflexions pour toi." Goran lui permit de se tourner pour regarder Violet, il caressait les cheveux de sa femme, l'air amusé. Nous contemplions nos femmes sous un tout autre jour. Leurs échanges étaient pour le moins ... intrigants.

"N'oublie pas que je connais *tous* tes secrets. Ai-je vraiment besoin de raconter l'histoire du fameux dessert au chocolat ? Et surtout, *à quel endroit* je l'ai trouvé ?

— Tu ferais pas ça. Violet se redressa d'un bond devant le canapé, amusée et horrifiée.

Mindy haussa les sourcils, elle se moquait de sa sœur, j'aurais bien aimé savoir ce que notre femme aimait faire avec un dessert au chocolat.

— J'aimerais bien connaître cette histoire ma chère sœur. Les yeux de Zed brillaient de désir pour notre femme, il devait en être de même pour moi.

— Mindy, non—" la supplia Violet. Elle rougit. Si ma femme appréciait les desserts, je trouverais certainement des moyens très créatifs pour qu'on les savoure à quatre. Je me servirais de ma langue pour la lécher ... de partout ... en expérimentant cette étrange *dégustation*.

Je *devais* découvrir ses secrets.

Goran tira doucement Mindy par les cheveux, elle le regarda, rayonnante. Ils s'entendaient si bien qu'un simple hochement de tête de Goran suffisait, Mindy soupira.

"S'il te plaît ?

— Non. Ce n'est pas à toi de divulguer son secret.

— Mais—

— La fessée n'est pas en option— il regarda Violet d'un air malicieux et contempla le visage de sa femme avec le plus profond dévouement. Je connaissais ce sentiment. Tu veux que je retire les stimsphères, *gara* ?

J'ignorais ce qu'était une stimsphère mais Mindy écarquilla les yeux et secoua rapidement la tête.

— Non, Maître.

Goran caressa doucement les cheveux de Mindy.

— Gentille fille.

Violet déplia ses jambes et s'assit.

— On aimerait bien parler entre nous, entre filles, avant de partir.

Mindy sursauta, tout excitée.

— S'il te plaît, Maître. On pourrait parler en privé ? J'aimerais bien passer du temps avec elle, comme avant, sans quatre hommes autoritaires."

Je me mordis la lèvre pour ne pas rire. Mindy était une coquine, vu le demi-sourire qu'esquissait Goran, il l'aimait telle qu'elle était.

Il tendit la main et l'aida à se relever.

"Bien sûr, *gara*."

Côte à côte, les jumelles étaient parfaitement identiques. Mais je reconnaîtrais Violet entre toutes. C'était ma femme. Elle était marquée avec mon sperme, mon amour avait conquis son cœur.

Les filles se tenaient bras dessus bras dessous, par le coude, en souriant ... jusqu'à ce qu'elles réalisent que ce temps serait consacré à se dire au revoir.

Les larmes de Violet me brisaient le cœur, je regardais Zed et Calder d'un air interrogateur. Ils hochèrent tous les deux la tête, je m'éclaircis la gorge pour attirer l'attention de Violet avant qu'elles sortent de la pièce.

"Violet, mon amour, les trois rois et la Reine Leah ont un message pour toi.

Violet pivota sur ses talons, entraînant sa sœur qui rigolait à sa suite.

— Pour moi ?

— Oui mon amour. Pour toi, parce que la décision t'appartient.

— Quelle décision ?"

Je regardai à nouveau Calder, le plus attaché à notre planète natale, j'étais soulagé de le voir opiner du chef, pressé de connaître la réaction de Violet. Zed n'avait pas bougé d'un pouce, il dévisageait notre femme, il ne voulait pas manquer le moment à venir.

"J'ai discuté avec le Grand Conseiller Tark et le Roi Drogan. Si tu le souhaites, tes époux passeront sous le commandement du Grand Conseiller, nous pourrions vivre ici, sur Trion, avec ta sœur et son mari.

— Quoi ? Violet pâlit, ses genoux flageolèrent, Mindy dût la soutenir.

—Tu l'as choquée." Zed se leva et prit Violet dans ses bras, Mindy recula pour leur laisser de l'espace. Elle était nerveuse et perdue, elle posa sa main sur sa gorge, visiblement ébranlée, Goran vint se placer à ses côtés. La caresse de son mari l'apaisa, elle se blottit contre lui. Contente. En sécurité.

Heureuse.

Violet était plongée dans ses pensées.

Elle sanglotait. Des sanglots lourds, à vous briser le cœur, que Zed était incapable d'arrêter. Elle sanglotait comme si on lui avait arraché le cœur, comme si nos paroles avaient anéanti son âme.

Calder s'agenouilla devant elle, je rejoignis ma famille, je pris Violet et Zed dans mes bras, nous étions liés, Calder passait ses bras autour de ses cuisses. Nous l'encerclions. Nous la réconfortions. Elle nous appartenait.

"Violet, mon amour. Ne pleure pas. Je t'en supplie. On va partir immédiatement. On rentre sur Viken comme prévu. La décision t'appartient. On n'est pas obligés de rester ici. Ne pleure pas. Tu me brises le cœur.

Cinq petits centimètres séparaient nos bouches, elle m'embrassa.

— Non. Je t'aime. Je vous aime tous les trois mais je ne veux pas vivre sur Viken. Je veux vivre ici, avec Mindy, et avec vous. J'ai pas envie de me couper en deux. Je veux que nos enfants rient et jouent ensemble, grandissent ensemble. J'arrive pas à y croire ...

Elle se remit à pleurer à chaudes larmes, Mindy se joignit à elle, elle ne tenait pas en place, les mains jointes sur ses lèvres, leurs larmes ruisselant sur ses joues.

— Violet. Oh, mon dieu. Tu restes ? Elle se tourna vers Goran, incrédule. Elle va rester, pour de bon ?

Goran approuva.

—Tark m'en a parlé il y a quelques heures. Oui, ce sont de valeureux guerriers. Ils sont les bienvenus parmi nous. Tark ne refuse jamais des guerriers expérimentés auxquels il peut se fier."

Violet m'embrassa de nouveau. Puis, ce fut au tour de Zed. A bout de souffle, elle se pencha et embrassa Calder jusqu'à ce qu'il essaie de l'attirer avec lui, par terre, son goût le faisait succomber. Son toucher.

Elle se releva en riant, essuya ses larmes et s'écarta. S'écarta de nous tous.

"Je vous aime, mes maris.

— On en discutera en détails dans l'intimité. Ainsi que de ce fameux dessert dont a parlé ta sœur." Le ton de Zed n'admettait aucune réplique, mais nous savions pertinemment, en voyant le sourire de Violet, ce qu'elle allait choisir.

Je souris lorsqu'elle prit Mindy des bras de Goran, les deux femmes sortirent de la pièce pour leur conversation *en privé*, laissant en plan quatre *hommes dominateurs*.

Un sentiment de paix et d'immense satisfaction me submergea en les voyant s'éloigner. Je la regardai partir. J'étais raide dingue de ma femme.

Je me demandais si elles allaient discuter de ce fameux *dessert au chocolat*. Je n'étais pas inquiet. On lui extorquerait la vérité, avec une bonne fessée bien méritée sur son joli p'tit cul.

OUVRAGES DE GRACE GOODWIN

Programme des Épouses Interstellaires

Domptée par Ses Partenaires

Son Partenaire Particulier

Possédée par ses partenaires

Accouplée aux guerriers

Prise par ses partenaires

Accouplée à la bête

Accouplée aux Vikens

Apprivoisée par la Bête

L'Enfant Secret de son Partenaire

La Fièvre d'Accouplement

Ses partenaires Viken

Combattre pour leur partenaire

Ses Partenaires de Rogue

Programme des Épouses Interstellaires: La Colonie

Soumise aux Cyborgs

Accouplée aux Cyborgs

Séduction Cyborg

Sa Bête Cyborg

Fièvre Cyborg

Cyborg Rebelle

ALSO BY GRACE GOODWIN

Interstellar Brides® Program

Assigned a Mate

Mated to the Warriors

Claimed by Her Mates

Taken by Her Mates

Mated to the Beast

Mastered by Her Mates

Tamed by the Beast

Mated to the Vikens

Her Mate's Secret Baby

Mating Fever

Her Viken Mates

Fighting For Their Mate

Her Rogue Mates

Claimed By The Vikens

The Commanders' Mate

Matched and Mated

Hunted

Viken Command

The Rebel and the Rogue

Interstellar Brides® Program: The Colony

Surrender to the Cyborgs

Mated to the Cyborgs

Cyborg Seduction

Her Cyborg Beast

Cyborg Fever

Rogue Cyborg

Cyborg's Secret Baby

Her Cyborg Warriors

Interstellar Brides® Program: The Virgins

The Alien's Mate

His Virgin Mate

Claiming His Virgin

His Virgin Bride

His Virgin Princess

Interstellar Brides® Program: Ascension Saga

Ascension Saga, book 1

Ascension Saga, book 2

Ascension Saga, book 3

Trinity: Ascension Saga - Volume 1

Ascension Saga, book 4

Ascension Saga, book 5

Ascension Saga, book 6

Faith: Ascension Saga - Volume 2

Ascension Saga, book 7

Ascension Saga, book 8

Ascension Saga, book 9

Destiny: Ascension Saga - Volume 3

Other Books

Their Conquered Bride

Wild Wolf Claiming: A Howl's Romance

CONTACTER GRACE GOODWIN

Vous pouvez contacter Grace Goodwin via son site internet, sa page Facebook, son compte Twitter, et son profil Goodreads via les liens suivants :

Abonnez-vous à ma liste de lecteurs VIP français ici :
bit.ly/GraceGoodwinFrance

Web :
https://gracegoodwin.com

Facebook :
https://www.visagebook.com/profile.php?id=100011365683986

Twitter :
https://twitter.com/luvgracegoodwin

Goodreads :
https://www.goodreads.com/author/show/15037285.Grace_Goodwin

Vous souhaitez rejoindre mon Équipe de Science-Fiction pas si secrète que ça ? Des extraits, des premières de couverture et un aperçu du contenu en avant-première.

Rejoignez le groupe Facebook et partagez des photos et des infos sympas (en anglais). INSCRIVEZ-VOUS ici : http://bit.ly/SciFiSquad

À PROPOS DE GRACE

Grace Goodwin est journaliste à USA Today, mais c'est aussi une auteure de science-fiction et de romance paranormale reconnue mondialement, avec plus d'un MILLION de livres vendus. Les livres de Grace sont disponibles dans le monde entier dans de nombreuses langues en ebook, en livre relié ou encore sur les applications de lecture. Ce sont deux meilleures amies, l'une qui utilise la partie gauche de son cerveau et l'autre qui utilise la partie droite, qui constituent le duo d'écriture récompensé qu'est Grace Goodwin. Toutes les deux mamans, elles adorent faire des escape games, lire énormément, et défendre vaillamment leurs boissons chaudes préférées. (Apparemment, elles se disputent tous les jours pour savoir ce qui est le meilleur : le thé ou le café?) Grace adore recevoir des commentaires de ses lecteurs.

www.ingramcontent.com/pod-product-compliance
Lightning Source LLC
LaVergne TN
LVHW011820060526
838200LV00053B/3850